Kathrin Sohst

Das Licht eines Jahres

PIPER

Kathrin Sohst

DAS LICHT EINES JAHRES

Über die Weisheit der inneren Stimme
und die Kraft der Natur

Mit Illustrationen von
Hanna Zeckau

PIPER

Mehr über unsere Autorinnen, Autoren und Bücher:
www.piper.de

Wenn Ihnen dieser Roman gefallen hat, schreiben Sie uns unter Nennung des Titels »Das Licht eines Jahres – Über die Weisheit der inneren Stimme und die Kraft der Natur« an *empfehlungen@piper.de*, und wir empfehlen Ihnen gerne vergleichbare Bücher.

Unser Versprechen für mehr Nachhaltigkeit
• Klimaneutrales Produkt
• FSC®-zertifiziertes Papier
• Hergestellt in Europa

FSC www.fsc.org
MIX
Papier | Fördert gute Waldnutzung
FSC® C083411

Originalausgabe
ISBN 978-3-492-32104-4
August 2024

Dieses Werk wurde vermittelt durch die Literarische Agentur Gaeb & Eggers.
Illustratorin: Hanna Zeckau
Satz: Satz für Satz, Wangen im Allgäu
Gesetzt aus der Filosofia
Druck und Bindung: CPI books GmbH, Leck
Printed in the EU

Für Lilli Mariluna,
Lena Sophie und Rebecca Viktoria

TANZENDE STERNE

Es war Neujahr. Minas Blick wanderte über den Rand ihres Lieblingsteebechers hinweg aus dem Fenster nach draußen. Dort schwebten ungewöhnlich viele Schneeflocken im Licht der Laternen sanft zu Boden. Von Zeit zu Zeit pustete ein leichter Wind durch die Straßen der Stadt. Dann tanzten die weißen Kristalle wie kleine Sterne fröhlich und beschwingt hin und her, nur um wenig später ruhig und gelassen ihren Weg Richtung Boden fortzusetzen. Mina seufzte leise. Wie gerne würde sie es den tanzenden Schneeflocken gleichtun und genauso mühelos vom durchgetakteten Treiben ihres Alltags loslassen.

Die Vorstellung, sich der Strömung des Moments hinzugeben und sich überraschen zu lassen, wo sie landen würde, ließ sie innehalten. Wie würde dann der nächste Schritt auf ihrem Weg aussehen? Und wohin würde er sie führen?

Eine neue Richtung wollte Mina ihrem Leben schon lange geben. Und doch hatte sie bisher immer dem Gefühl nachgegeben, dass dafür der passende Zeitpunkt noch nicht gekommen war.

Wenn sie ehrlich war, mangelte es ihr schlichtweg an Gelegenheiten, sich über neue Perspektiven Gedanken zu machen oder überhaupt herauszufinden, was sie wollte. Es gab schließlich immer mehr als genug zu tun. Seit sie vor zwei Jahren in der Firma eine Führungsposition angenommen hatte, sowieso. Sich für sich selbst Zeit zu nehmen, kam ihr wie ein Luxus vor. Ein Luxus, den ihr Alltag nicht zuließ. So entspannt wie heute – dem ersten Abend des neuen Jahres – hatte sie bisher nur selten an ihrem Lieblingsplatz in ihrer Wohnung gesessen, um den Blick schweifen zu lassen und nach innen zu lauschen.

Jetzt lag eine Woche Urlaub vor ihr, und sie war allein in ihrer Wohnung. Minas Tochter Lilli hatte sich im letzten Sommer nach dem Abitur spontan für ein freiwilliges Jahr auf einem ökologischen Hof entschieden, statt, wie lange geplant, zu studieren und zu Hause wohnen zu bleiben.

Mina war Mitte zwanzig gewesen, als sie mit Lilli während ihres Studiums schwanger geworden war. Sie hatte ihre Tochter größtenteils allein großgezogen, und nun war Lilli plötzlich aus dem Haus, und Mina immer noch dabei zu realisieren, dass ihre Tochter flügge geworden war. Jeden Tag fand sie sich ein Stück besser in ihrem neuen Alltag ohne Lilli zurecht. Trotzdem fehlte sie ihr.

Sollte es sich nicht gut anfühlen, nach so vielen Jahren wieder Zeit nur für sich zu haben? Bei ihren Freundinnen, die in der gleichen Situation waren, klang es immer unglaublich befreiend und beflügelnd, wenn die Kinder auszogen und wieder Raum für neue Pläne und Ziele entstand. Doch die frischen Ideen, die Mina erwartet hatte, blieben bei ihr bisher aus. Stattdessen spürte sie oft eine bedrückende Leere und Traurigkeit darüber, dass die Wohnung ohne Lilli so still war.

Als Mina bewusst wurde, dass sie ihre Gedanken und Gefühle in den letzten Monaten fast immer mit Arbeit überdeckt hatte, begann sich in ihrem Inneren zart und noch ganz unbemerkt etwas zu verändern.

Sie lehnte sich in die Kissen zurück, die auf der breiten Fensterbank verteilt waren. Minas Oma Aruna hatte ihr die fünf bunten, samtigen Kissen zum Geburtstag geschenkt. Um sich vor der Kälte am Fenster zu schützen, hatte Mina sich zusätzlich in ihre kuschelige rote Wolldecke gehüllt. Sie trank einen Schluck Tee. Es war die Spezialmischung ihrer Tante Rike: Zitrone, Apfel, Hibiskus, Lavendel und ein Hauch von Minze. Von seinem Duft inspiriert, flogen Minas Gedanken zu den Sommern ihrer Kindheit, die sie auf dem Hof ihrer Familie, dem Lindenhof, verbracht hatte, den Rike und ihre Oma noch heute miteinander bewirtschafteten.

Mina schloss die Augen und sah alles ganz lebendig vor sich. Ihre Ahnen hatten nicht nur eine Linde gepflanzt, sondern den ganzen Hof mit Linden eingerahmt. Die großen, schönen Bäume mit den lichten, herzförmigen Blättern trugen die Geschichte der Familie in sich, strahlten Geborgenheit und Harmonie aus und machten den Hof zu einem besonderen Ort, der die Menschen magisch anzog. Jeder, der einmal auf dem Lindenhof gewesen war, kehrte gerne zurück. Ob in den Hofladen, als Gast in die kleinen, urigen Ferienwohnungen oder einfach nur, um vorbeizuspazieren und sich mit Aruna oder Rike zu unterhalten, die sich immer Zeit für ein Gespräch nahmen.

Während Mina durch ihre inneren Bilder streifte, wurde ihr klar, dass sie viel zu lange nicht dort gewesen war. Wann hatte sie sich zuletzt in die liebevollen Umarmungen ihrer Tante und ihrer Oma geschmiegt? Wann den Blick über die weiten Felder und das angrenzende Wäldchen genossen und so lange still auf ihrem großen Lieblingsstein gesessen, bis die Sonne untergegangen war? Oder in der Mittagssonne des Sommers saftig-süße Erdbeeren geerntet, um sich diese anschließend gemeinsam mit Rike und Aruna im Schatten der großen Linden mit Eis und Sahne schmecken zu lassen? Wieso gelang es ihr nicht, sich regelmäßig eine Auszeit zu gönnen und die Menschen zu besuchen, mit denen sie sich so verbunden fühlte?

Plötzlich verspürte Mina einen Ruck. Heute ist Neujahr! Es ist Zeit, etwas zu verändern! Wenn nicht jetzt, wann dann? Sie öffnete die Augen. Die Vehemenz dieses Impulses erschreckte sie fast. Es war wie ein innerer Ruf, der sie aus ihren Träumen weckte und in eine neue Wirklichkeit stupsen wollte.

Augenblicklich begann ihr Verstand, zu analysie-

ren und nach Antworten zu suchen, die ihr zumindest das Gefühl geben würden, alles unter Kontrolle zu haben. Doch all diese ordnenden Gedanken schenkten ihr keine Leichtigkeit – im Gegenteil. Es wurde schwer in ihr. Sie hielt inne und dachte: Auf alten Wegen wird wohl kaum Neues in mein Leben finden. Was für eine klare, erleichternde Erkenntnis. Mina seufzte leise auf.

Diesen plötzlichen Ruf nach Veränderung eben hatte Mina jedenfalls nicht herbei*gedacht.* Obwohl ihr ihre sachliche Art im Alltag oft weiterhalf, stellte sie nun fest, dass sie kaum noch Übung darin hatte, in sich hineinzufühlen und wahrzunehmen, wonach sie sich wirklich sehnte. Bis auf diesen einen überraschend kräftigen Stupser schien ihr Bauchgefühl schon seit Langem Winterschlaf zu halten.

Und so hüllte sich auch jetzt ihre innere Stimme direkt wieder in Schweigen. Stattdessen wurde ihr Kopf munter und erzeugte eine Frage nach der anderen: Sollte sie sich ein neues Hobby suchen? Oder war sie dafür zu alt? Gab es etwas, das sie immer schon mal tun oder wieder aufleben lassen wollte? Oder war es eine gute Idee, erst mal neue Kontakte in der Gegend zu knüpfen? Ob sie sich das trauen würde? Könnte sie in einen Verein eintreten oder ehrenamtlich arbeiten? Es war viel, was Mina durch den Kopf ging. Und mit jeder Idee wurde sie unsicherer.

Stopp! Erst einmal tief durchatmen!

Sie öffnete kurz das Fenster. Die frische Winterbrise wirkte sofort und fror die Fragen in ihr für einen kurzen Moment einfach ein. So war es besser.

Als ihre Gedanken langsam wieder auftauten und es in ihr wieder lauter wurde, beschloss Mina, nun doch erst einmal das zu tun, was sie immer tat, wenn sie nicht wusste, wie es weitergehen sollte: eine To-do-Liste schreiben. Vielleicht war es im ersten Schritt einfacher, auf ihr gewohntes Ritual zu vertrauen und sich zu notieren, was alles erledigt werden musste, bevor sie sich Zeit nahm, über ihre Zukunft und die schönen Dinge nachzusinnen, die sie in ihr Leben einladen wollte.

Was das sein würde, konnte sie ja immer noch herausfinden. Außerdem waren in der letzten Zeit genügend Dinge liegen geblieben. Mina holte sich Stift und Zettel und fing eifrig an, sich Notizen zu machen: Keller aufräumen und ausmisten, Steuern machen, Fotoalbum für Lilli basteln, Wohnungsannoncen durchgehen und endlich ins Grüne ziehen, vielleicht bei einer Dating-App anmelden, Versicherungen abklären, TÜV-Termin fürs Auto vereinbaren, das alte Küchenbuffet abschleifen und unbedingt Aruna und Rike besuchen.

Beim letzten Punkt auf der Liste horchte Mina auf. Wer hätte das gedacht? Hatte sie diesen vielleicht ihrem Bauchgefühl zu verdanken? Erwachte es etwa langsam aus dem Winterschlaf?

Mina ließ ihren Blick wieder nach draußen wandern und folgte dem Tanz der Schneesterne im Wind.

Sie hielt fest: Die Sache mit der Wohnung würde sicherlich etwas dauern, und ob eine Dating-App das Richtige für sie war, bezweifelte sie trotz der Ermutigungen ihrer Freundinnen noch immer. Aber wie schön wäre es, mal wieder ihre Oma und ihre Tante zu besuchen! Allein der Gedanke reichte aus, um das duftende Heu zu riechen und das verschmitzte, braun gebrannte Gesicht ihrer Oma mit den vielen Lachfalten im rosa-orangefarbenen Sonnenuntergang vor sich zu sehen. Eine Träne kullerte Mina über die Wange. Ob sie der Neujahrstag so gefühlsduselig machte? Oder hatte es mit Lilli zu tun?

Sie wischte die Träne ab und unterstrich den Punkt *Aruna und Rike besuchen* dick auf ihrer Liste.

Vielleicht sollte ich es mit einer To-do-Liste für meine Herzenswünsche versuchen und mir künftig mehr Raum für die schönen Dinge des Lebens nehmen, überlegte Mina. Das könnte funktionieren. Sie müsste dann nur dafür sorgen, dass ihre »Herzliste« nicht in irgendeiner Schublade verschwand, weil andere Aufgaben eben doch dringender waren und Vorrang hatten. Mina gähnte und warf einen Blick auf die Uhr. Es war tatsächlich spät geworden. Das überraschte sie. So lange war ihr die Zeit gar nicht vorgekommen, und irgendwie hatte sie das Gefühl, kurz in einer anderen Welt gewesen zu sein.

Die Straße lag nun still und in das sanfte Weiß der Schneedecke getaucht da. Mittlerweile hatten die Flocken ihr Tänzeln aufgegeben. Wieder öffnete Mina das Fenster und sog die kalte, frische Luft in ihre Lungen. Ihr fiel auf, dass die Welt ganz anders klang als sonst und alle Geräusche durch den Schnee gedämpft waren. Die weiße Pracht reflektierte die Weihnachtsbeleuchtung in den Fenstern und Vorgärten. Das Licht der Straßenlaternen wirkte durch das helle Leuchten der Schneedecke angenehmer als sonst. Es war eine wohlige Stimmung, die sich sowohl draußen als auch in Minas Herz ausbreitete.

Das ist nun doch noch ein guter Start in das Jahr geworden, dachte sie zufrieden und machte das Fenster wieder zu. Sie war erleichtert, dass zumindest der letzte Punkt auf ihrer Liste sie mit Energie erfüllte. Gleich morgen würde sie Lilli anrufen und ihr von ihrem Plan erzählen, Oma Aruna und Tante Rike zu besuchen. Ihre Tochter würde sich freuen. Schon oft hatte sie Mina gesagt, dass sie nicht so viel arbeiten und mehr für sich tun solle.

Als Mina wenig später etwas erschöpft, aber innerlich ruhig ins Bett ging, fiel sie sofort in einen tiefen, traumlosen Schlaf.

LICHT IM DUNKELN

Am nächsten Morgen fühlte Mina sich so wach wie lange nicht mehr. Sie sprang aus dem Bett, schlüpfte in ihre warmen Hausschuhe, zog ihre Lieblingsstrickjacke über und ging zum Esstisch, wo ihre To-do-Liste von gestern Abend lag. Beim Blick aus dem Fenster sah sie, dass der weiße Zauber über Nacht zu einem tristen grauen Schneematsch geworden war. Typisch, dachte sie. Das Leben in der Stadt ratterte unaufhaltsam weiter. Auf den Straßen lärmten Räumfahrzeuge und Autos und erinnerten Mina daran, dass viele Menschen heute schon wieder arbeiten mussten. Wie gut, dass sie noch freihatte. So konnte sie den Neujahrsabend noch einmal Revue passieren lassen und in den nächsten Tagen ihre To-dos umsetzen.

Danach würde sie sich die Zeit nehmen, ihrem Bauchgefühl wieder näherzukommen, herausfinden, was sie sich von Herzen wünschte, und ihre neue Liste beginnen.

Als sie zum Handy griff, um Lilli anzurufen, stellte sie erstaunt fest, dass ihre Tante Rike, die immer wie eine zweite Mutter für sie gewesen war, mehrfach versucht hatte, sie zu erreichen. Das war ungewöhnlich.

Mit einem mulmigen Gefühl im Bauch drückte Mina auf Rikes Nummer, Lilli würde sie danach anrufen.

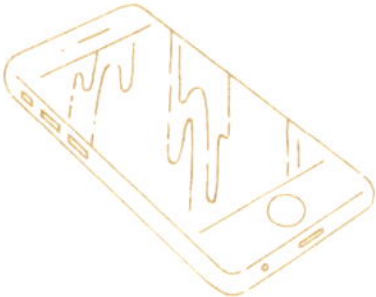

Ihre Tante nahm sofort ab.

»Hallo, Mina, wie gut, dass du endlich zurückrufst.«

»Hallo, Rike, ich wünsche dir ein frohes neues Jahr! Entschuldige, dass ich nicht rangegangen bin. Ich habe mir gestern Abend etwas Zeit für mich genommen und vergessen, mein Handy wieder auf Laut zu stellen. Seid ihr gut ins neue Jahr gestartet? Ist alles in Ordnung bei euch?«, fragte sie atemlos.

Am anderen Ende der Leitung war es etwas zu lange still.

»Was ist los, Rike? Warum sagst du nichts?«

»Mina …« Rikes Stimme zitterte, dann holte sie tief Luft und atmete seufzend wieder aus.

Mina sank auf einen Stuhl.

»Mina, heute Morgen ist deine Großmutter gestorben. Aruna hat sich nach dem Frühstück noch einmal hingelegt, weil es ihr nicht so gut ging. Als ich dann nach ihr geschaut habe, weil ich plötzlich unruhig wurde, schlug ihr Herz schon nicht mehr.«

Mina bekam am ganzen Körper Gänsehaut. Ihr

Herz schmerzte so sehr, dass sie es kaum ertragen konnte.

»Mina? Sag doch was. Bist du noch dran?«

»Ja, ich … bin noch dran«, sagte Mina so leise, dass sie sich selbst kaum hören konnte.

»Ach, Mina-Liebes, Aruna war alt«, hörte sie ihre Tante wie durch einen dunklen Schleier sagen, »es war an der Zeit für sie zu gehen. Sie war noch sehr klar, aber körperlich hat man ihr angemerkt, dass sie es nicht mehr leicht hatte. Und nun ist sie für immer eingeschlafen. Der Ausdruck auf ihrem Gesicht wirkt friedlich, so, als wäre sie im Guten gegangen.«

Rikes Worte klangen gefasst, aber Mina wusste, dass es auch für ihre Tante nicht einfach war, die Familienälteste gehen zu lassen.

Mina schaute aus dem Fenster in den grauen Schneematsch.

»Ich komme zu euch!«, sagte sie dann entschlossen.

»Hier liegt ziemlich viel Schnee, Mina. Möchtest du wirklich kommen? Ich weiß nicht, ob die Straßen schon geräumt sind.«

»Ich versuche es, Rike. Ich möchte mich von Oma verabschieden und sie noch einmal sehen. Sie ist doch noch bei dir, oder?«

»Ja, sie wird erst morgen früh abgeholt. Nur die Bestatterin kommt heute, damit wir alles besprechen können.«

»Okay, dann mache ich mich jetzt auf den Weg.«

»Pass gut auf dich auf, Liebes!«

»Ja, mache ich. Bis später, Rike.«

Mina legte auf und starrte ins Leere. Das Jahr hatte doch so gut angefangen – und jetzt? So hatte sie sich ihren Besuch auf dem Lindenhof nicht vorgestellt. Mina erwischte sich dabei, dass sie einen Moment lang fast wütend auf ihre Oma war. Sie konnte doch nicht einfach so gehen! Doch dann wurde ihr bewusst, dass ihre Wut nicht Aruna, sondern sich selbst galt. Warum bloß war sie so lange nicht auf dem Lindenhof gewesen?

Mina zwang sich aufzustehen, zog sich an, schob sich eine Scheibe Brot in den Mund, trank ein Glas Wasser und schrieb Lilli rasch eine Nachricht, ohne ihr vom Tod ihrer Urgroßmutter zu erzählen. Das würde sie später persönlich am Telefon tun. Erst einmal musste sie sich selbst verabschieden und realisieren, was passiert war.

Früher wäre Mina bei einem solchen Wetter zu Hause geblieben oder hätte einen vernünftigeren Weg gefunden, sich von ihrer Oma zu verabschieden. Heute war alles anders: Getrieben von ihrer Trauer, fuhr sie einfach los.

Während der Fahrt raste ein Sturm aus Gedanken und Gefühlen durch ihren Körper, und sie musste mehrmals anhalten, um sich wieder zu konzentrieren. Mina vermisste ihre Oma schon jetzt. Aruna hatte ihr in jungen Jahren immer Halt gegeben und sie inspiriert. Und nun war sie für immer gegangen. Mina würde sie nicht mehr in ihre Arme schließen und sich auch nicht mehr von ihr umarmen lassen können. Sie kämpfte mit Schuldgefühlen, weil sie Aruna so lange nicht besucht hatte, und sie wusste nicht, wie sie diesen Verlust jemals verarbeiten sollte. Nie wieder würde sie mit ihr sprechen und Zeit mit ihr verbringen können. Ihre Erinnerungen waren das Einzige, was ihr von ihrer Oma blieb.

Ungläubig stellte Mina fest, dass sie bis zum heutigen Tage nicht realisiert hatte, dass ihre Oma irgendwann einmal nicht mehr da sein könnte. Diesen Gedanken hatte sie nie zugelassen. Und jetzt war es zu spät.

Wie sie es bei den winterlichen Straßenverhältnissen geschafft hatte, wohlbehalten anzukommen, konnte Mina sich später nicht mehr erklären. Sie musste mehr als einen Schutzengel um sich gehabt haben. Als sie endlich ihr Auto auf dem weiten Platz vor dem Lindenhof parkte, stand Rike bereits in der Eingangstür des schönen alten Bauernhauses. Vor der Kälte mit einer dicken, selbst gestrickten Wolljacke geschützt, kam ihre Tante ihr im Schnee entgegen. Sie wirkte erleichtert.

»Hallo, Liebes!«

»Hallo, Rike.«

Mina spürte, wie ihre Augen tränennass wurden. Wie lange war es her, seit sie das letzte Mal richtig geweint hatte? Sie wusste es nicht.

Dann nahmen sich die beiden Frauen in die Arme, und es schien, als fielen sie aus der Zeit. Mina hatte ihre Augen geschlossen, und ihre Tränen versiegten. In ihr war es dunkel. Und doch war da, inmitten dieser Dunkelheit, ein Licht. War es der Schnee, der hier auf dem Land nicht so schmutzig war wie in der Stadt und das Sonnenlicht durch ihre geschlossenen Augen hindurch verstärkte? Im nächsten Moment intensivierte sich das Licht, und es passierte etwas, das Mina noch nie erlebt hatte: Aruna erschien vor ihrem inneren Auge. Mit einer Kerze in der Hand kam sie sanft lächelnd auf Mina zu und schenkte ihr ein kurzes Gefühl der Wärme und Geborgenheit. Dann verschwand das Bild wieder – genauso plötzlich, wie es sich gezeigt hatte.

Rike regte sich, um sich aus der Umarmung zu lösen, doch Mina ließ noch nicht los.

»Mina, wollen wir ins Haus gehen?«, fragte Rike behutsam, dicht an ihrem Ohr.

Mina versuchte, etwas zu sagen, aber es gelang ihr nicht. Sie öffnete vorsichtig die Augen, wurde vom schneehellen Winterlicht geblendet, löste die Umarmung und schaute ihre Tante an. Diese nickte ihr sanft und gütig zu. Und als ahnte sie, dass Mina sich Vorwürfe machte, weil sie so lange nicht hier gewesen war, und es ihr das Herz zerriss, ihre Oma nicht mehr lebendig gesehen zu haben, sagte sie:

»Es ist schön, dass du jetzt da bist. Lass uns reingehen. Wir setzen uns noch ein wenig zu Aruna.«

Fasziniert, dass ihre Tante so viel klarer und tiefsinniger war als andere Menschen und intuitiv so oft die richtigen Worte für sie fand, folgte Mina Rike in die große, gemütliche Küche und ließ sich auf die Ofenbank sinken.

Im nächsten Moment hatte sie die warmen Kacheln im Rücken und einen Becher Tee in der Hand. Als sie den vertrauten Duft einatmete, derselbe von gestern Abend, stiegen ihr erneut die Tränen in die Augen.

Rike reichte ihr ein Taschentuch, setzte sich zu ihr und legte einen Arm um sie. Sie schwiegen und tranken Tee.

Nach einer Weile sagte Mina: »Rike, ich bin jetzt bereit.«

Die beiden Frauen stiegen die Stufen der kunstvoll gestalteten und bunt bemalten Treppe hinauf. Das alte Holz knarrte. Mit jedem Schritt wurde es Mina mulmiger im Bauch. Aber sie musste ihre Oma noch einmal sehen.

Rike öffnete die Tür zu Arunas Zimmer. Mina nahm allen Mut zusammen, hielt kurz inne und trat über die Schwelle. Ihr Blick wanderte zum Bett, wo sie zum ersten Mal in ihrem Leben einen Körper sah, in dem das Herz aufgehört hatte zu schlagen. Es war ein stiller, sonderbarer Moment. Rike hatte die Arme ihrer Mutter auf die Decke und die Hände ineinandergelegt. Es wirkte, als hätte sie ihr die Haare zurechtgemacht und das Bettzeug glatt gestrichen. Auf dem

Nachttisch lagen Wacholderzweige, die ein Windlicht umrahmten. Darin flackerte eine Kerze, deren Farbe Mina an einen Sonnenaufgang erinnerte.

Sie ging zum Bett, berührte ganz sanft die kühle Wange ihrer Oma und strich ihr durchs Haar. Wieder liefen ihr Tränen aus den Augen. Sie blieb eine kurze Ewigkeit stehen, drehte sich dann um und ging aus dem Zimmer.

Rike folgte ihr, als das Klingeln der Türglocke die Stille im Haus unterbrach.

Es war die Bestatterin. Minas Tante bat sie in die Küche an den großen Esstisch, und sie besprachen alles, was es für Arunas Beisetzung im Friedwald zu klären gab. Am nächsten Morgen würden die Mitarbeiter kommen und Aruna abholen. Bis dahin hatten Mina und Rike Zeit, sich noch einmal zu ihr zu setzen und Abschied zu nehmen, wenn sie das wollten.

Mina wusste in all dem, was gerade war, nicht, wie ihr geschah, und es kam ihr vor, als würde sie sich selbst, Rike und der Bestatterin bei dem Gespräch zuschauen. Die Vorstellung, dass Aruna dieses Haus bald ganz verlassen würde, war für sie kaum zu ertragen.

Sie entschuldigte sich und ging in den Hauswirtschaftsraum, der neben der Küche lag und von dem eine Tür in den Garten führte. Sie trat hinaus und ließ – wie schon am Vorabend – frische Luft in ihre Lungen. Das winterliche Schweigen der Pflanzen, Bäume und Sträucher hatte sich wie Minas und Rikes Trauer über den Hof gelegt. Es war ungewöhnlich ruhig. Minas Augen fanden die eindrucksvollste Linde auf dem ganzen Hof. Ihr Blick wanderte am Stamm entlang zu den blätterlosen, schneebedeckten Ästen bis in die mächtige Krone – die Verbindung der Bäume mit dem Himmel. Plötzlich schien es ihr, als ließe ihr jemand ein kleines Geschenkpaket mit frischer Energie zukommen.

Sie schloss die Augen und erinnerte sich, dass ihre Oma häufig zu genau dieser Linde, ihrem Lieblingsbaum, gegangen war, wenn sie eine Pause machen und sich stärken wollte. Eine weitere Erinnerung stieg in Mina auf: Aruna in einem ihrer bunten, selbst genähten Kleider, mit geschlossenen Augen und dem Rücken an die Linde gelehnt. Ihre Handflächen berührten fast zärtlich die Rinde am Stamm des Baumes. Ein friedliches und kraftvolles Bild.

Im Frühjahr hatte ihre Oma regelmäßig Lindenblätter gegessen, ganz gleich, was andere Menschen davon hielten. Aruna hatte immer auf die Kraft der Natur vertraut.

Mina fröstelte, öffnete die Augen und ging zurück ins Haus. Plötzlich wusste sie, was zu tun war. Ich gehe jetzt noch einmal zu Aruna hoch, floss es durch ihr Herz, während ihr Kopf rebellierte. Musste sie sich das antun? Sie hatte doch schon Abschied genommen. Doch ihr Körper gehorchte nicht.

Mina ging zur Treppe und nahm Stufe um Stufe. Je näher sie Arunas Zimmer kam, desto feiner wurde ihre Wahrnehmung: Noch nie hatte sie die Holzmalereien der alten Bauernschränke im Flur so intensiv wahrgenommen. Es schien, als hätte jemand die Farben aufgefrischt. Und der altvertraute Geruch des Lindenhofes verstärkte sich ebenfalls. Behutsam und bewusst stieg sie Schritt für Schritt in den ersten Stock hinauf. Die Zeit dehnte sich. Als sie oben angekommen war, hatte sie das Gefühl, als würde ein unsichtbarer Faden sie zum Zimmer ihrer Oma ziehen. Behutsam nahm sie die Klinke der Tür in die Hand.

»Aruna, ich komme noch einmal zu dir. Ich war lange nicht da, aber jetzt, jetzt bin ich da«, wandte sie sich innerlich an ihre Großmutter. Dann öffnete sie die Tür, nahm sich den Stuhl aus der Ecke und stellte ihn neben Arunas Totenbett.

Das Zimmer schien erfüllt von einem liebevollen Leuchten und wirkte sonderbar hell. Mina setzte sich, schloss die Augen und stimmte in Arunas Schweigen mit ein. Es war eine seltsame Stille, die gleichzeitig ganz natürlich wirkte. Mina erinnerte sich an das Bild ihrer Oma mit der Kerze, das sie in ihrem Inneren empfangen hatte, als Rike und sie sich draußen vor dem Haus in der lichten Schneelandschaft umarmt hatten. In dieser Erinnerung wurde Minas Herz weit, und wieder liefen ihr warme Tränen über die Wangen. Intuitiv verneigte sie sich innerlich vor dem Lebenswerk ihrer Oma und verweilte in Dankbarkeit, bevor sie sich selbst in die Stille hineinsprechen hörte:

»Aruna, danke für alles, was du in diese Welt gebracht hast, für deine Wärme, deine Fürsorge, für die Geborgenheit und für die Liebe, die du mir und meiner Tochter geschenkt hast. Ich wünsche dir von Herzen und mit all meiner Liebe eine gute letzte Reise. Mögest du in Frieden ruhen. Ich liebe dich.«

Während sie diese Worte sprach, zeigte sich verborgen in der Flamme der Kerze, die in dem Windlicht auf Arunas Nachttisch stand, eine kleine Spirale, die sich nach oben drehte. Und obwohl Mina die Augen geschlossen hatte, nahm sie die Veränderung wahr. Denn als sie ihre Augen öffnete, war nicht nur dieses liebevolle Leuchten in Arunas Raum, es fühlte sich auch um ihr Herz herum etwas leichter an.

Mina blickte noch einmal auf das friedliche Antlitz ihrer Oma, streichelte über ihre Hand, gab ihr einen Kuss auf die Stirn und stand auf. Nun war sie bereit, wieder in die Küche zu gehen.

Sobald sie den Raum verlassen hatte, legte sich die Trauer wieder wie ein dunkles Tuch über sie. Doch Mina war sich sicher: Den Zauber dieser letzten Begegnung mit ihrer Oma würde sie für immer in ihrem

Herzen tragen. Und vielleicht hatte ja auch Aruna auf ihrem Weg ins Licht noch etwas mitnehmen können? Wer konnte das schon wissen?

Die Bestatterin war bereits gegangen. Mina setzte sich wieder auf die Ofenbank und schaute aus dem Fenster hinaus auf den Hof. Die Helfer taten ihre Arbeit, als wäre nichts passiert, auch wenn ihre Gesichter und Körper verrieten, dass sie ebenfalls trauerten.

Wie Mina die Leere, die Arunas Tod in ihrem Herzen hinterlassen hatte, wieder füllen sollte? Sie wusste es nicht. Sie griff nach ihrem Teebecher, in den Rike frischen, dampfenden Tee nachgefüllt hatte, und hielt sich daran fest.

»Ist alles in Ordnung mit dir?«

Mina hob den Blick und bemerkte erst jetzt, dass sie nicht allein in der Küche war.

»Entschuldige, Rike, ich brauchte frische Luft und war noch einmal bei Aruna.«

»Schon gut. Es ist so schön, dass du hier bist. Ich setze mich nachher auch noch einmal zu ihr.«

Erst jetzt nahm Mina wahr, dass Rike am Herd stand und eine Suppe kochte. Kürbissuppe. Sie lächelte zaghaft. Sie liebte Rikes Kürbissuppe.

Im gleichen Moment spürte Mina, wie erschöpft sie war und dass sie sich vielleicht noch nie in ihrem Leben so sehr auf eine warme Mahlzeit gefreut hatte wie jetzt.

Als Rike später zwei Teller mit der orange leuchtenden Suppe auf den Tisch stellte und noch etwas Petersilie, Basilikum und Kürbiskerne darüberstreute, sah sie müde aus, ihr Gesicht wirkte grau und eingefallen.

So kannte Mina ihre Tante gar nicht. Aber was wunderte sie sich? Erstens war sie ewig nicht auf dem Hof gewesen und Rike um einiges älter als sie. Und zweitens hatte ihre Tante heute Morgen ihre Mutter verloren. Ohne ein Zögern stand Mina auf und nahm Rike fest in den Arm. Erschöpft ließ diese sich in die Umarmung ihrer Nichte sinken, während sie flüsterte: »Die Suppe ist sowieso noch zu heiß.«

»Wie machen wir denn nun weiter?«, fragte Rike nach dem Essen in die Stille hinein. Es war deutlich zu spüren, dass ein Platz in diesem Haus leer geworden war, auch wenn Arunas Energie noch überall präsent zu sein schien.

»Ich werde heute noch Lilli sagen, was passiert ist«, sagte Mina. »Zuerst fahre ich aber nach Hause zurück und packe ein paar Sachen zusammen. Morgen früh komme ich dann wieder her. Ich habe bis nächste Woche Urlaub und werde dich hier solange bei allem unterstützen.«

Ein dankbares Lächeln huschte über Rikes Gesicht, und ihre Schultern entspannten sich sichtlich. Zum Abschied umarmten die beiden Frauen sich noch einmal.

ZAUBERWESEN

Als Mina am Abend an ihrem Lieblingsplatz am Fenster saß, hatte sie keinen Blick für das Draußen. Sie war noch vor Einbruch der Dunkelheit zu Hause angekommen und starrte nun auf ihr Handy, auf dessen Display Lillis Nummer leuchtete. Es fiel ihr schwer, ihrer Tochter vom Tod ihrer Urgroßmutter zu berichten. Auch Lilli hatte auf dem Lindenhof viel Schönes erlebt und war dort fast noch verwurzelter als sie selbst. So sehr, dass sie sich nun auch beruflich für die Landwirtschaft entschieden hatte.

Mina atmete tief ein und tippte auf den grünen Hörer. Die Verbindung wurde hergestellt, und Minas Herz schlug unruhig in ihrer Brust, als Lilli mit einem fröhlichen »Hallo, Mama!« den Anruf annahm. Im Hintergrund spielte jemand Gitarre.

»Hallo, Lilli. Ich wünsche dir ein glückliches neues Jahr. Geht es dir gut? Hast du schön gefeiert?«

»Das wünsche ich dir auch, Mama. Ja, mir geht es gut hier. Wir haben alle zusammen gefeiert und sind wirklich gut in das neue Jahr gestartet!«

»Wie schön, Lilli. Doch eigentlich rufe ich gar

nicht deshalb an. Es gibt etwas, das ich dir erzählen muss.«

»Was gibt es denn Neues, Mama? Bestimmt nur Gutes!«

»Weißt du, mein Schatz, ich fürchte, nicht …« Auch Mina machte wie Rike am Morgen eine Pause, bevor sie weitersprechen konnte: »Deine Uroma – sie lebt nicht mehr.«

»WAS?! Was hast du gerade gesagt, Mama?« Lilli kreischte fast, und das Gitarrenspiel im Hintergrund verstummte.

»Deine Uroma ist heute Morgen gestorben, Lilli.«

Nun war es still am anderen Ende der Leitung. Die Geräusche, die dann an ihr Ohr drangen, kannte Mina nur zu gut.

Lilli hatte die Gabe, ungebremst zu zeigen, was sie fühlte. Da war keine falsche Scham, keine Zurückhaltung. So war sie, ihre Tochter. Sie weinte ihre Trauer einfach aus sich heraus, und Mina fing an, Lillis Lieblingslied aus Kindertagen zu summen – ein vertrautes Ritual. Mina fand es immer wieder beeindruckend, wie selbstverständlich ihre Tochter das Leben mit all seinen Höhen und Tiefen annehmen konnte: Sie erspürte im Sauseschritt, was geschah, ließ alles durch ihr Herz fließen und ging danach gestärkt aus der Krise hervor. Mina hatte das als Mutter dieses Zauberwesens schon oft erleben und begleiten dürfen. Und manchmal beneidete sie ihre Tochter darum, wie impulsiv und pragmatisch zugleich sie die Wellen des Lebens nahm.

Langsam ebbte die Flut von Lillis Gefühlen ab, der Sturm war vorübergezogen. Und auch Mina hörte auf zu summen.

»Hey, meine Große, ich habe dich lieb, hörst du? Und Uroma geht es gut dort, wo sie jetzt ist. Ihr Gesicht sah friedlich aus. Ich war vorhin auf dem Hof und habe mich von Aruna verabschiedet. Rike hatte sie so hübsch zurechtgemacht. Nächste Woche ist die Beisetzung im Friedwald. Möchtest du auch kommen?«

»Ja, na klar, Mama. Ich bespreche hier alles, und dann komme ich, so schnell es geht, mit dem Zug. Wann genau wird Uroma beigesetzt?«

»Ich schicke dir alle Informationen, sobald ich mehr weiß. Es ist alles noch so frisch, Schatz.«

»Okay, danke.« Lilli machte eine Pause, bevor sie weitersprach: »Auch wenn Uroma schon so alt war – es ist nicht fair, dass sie nicht mehr da ist. Sie war ein außergewöhnlicher Mensch.«

»Ich weiß, Liebes. Aruna war eine faszinierende Frau. Und sie ist sehr alt geworden. Ich musste heute feststellen, dass ich mir nie klargemacht habe, dass sie irgendwann nicht mehr da sein könnte. Menschen wie Uroma möchte man wahrscheinlich ewig auf der Erde behalten, weil sie schon zu Lebzeiten echte Engel sind.«

»Das hast du schön gesagt. Du, Mama?«

»Ja?«

»Ich glaube, ich brauche jetzt Zeit für mich. Melde dich bitte, wenn du weißt, wann die Beisetzung ist.«

»Ja, das mache ich. Ich habe noch Urlaub und fahre morgen wieder zu Rike. Wir bereiten auf dem Lindenhof alles vor. Ich hole dich dann vom Bahnhof ab, wenn du kommst.«

»Gut, Mama, so machen wir es. Schlaf gut.«

»Du auch, Lilli. Gute Nacht.«

Lilli war ein Phänomen. Sie hatte sich ihren Gefühlen gestellt, sich Luft gemacht und Worte dafür gefunden, was sie nun brauchte. Die Anspannung, die Mina vor dem Telefonat mit Lilli verspürt hatte, wich aus ihrem Körper, und sie konnte sich zumindest kurz etwas entspannen.

Ihr Blick wanderte nach draußen. Doch sie nahm die Winterwelt der Stadt nicht wahr. Sie schaute eher in sich hinein. Ja, sie war unendlich traurig, und vielleicht sollte sie das einfach akzeptieren, annehmen und geschehen lassen. So wie Lilli.

Mina stand auf, ging ins Bad und wusch sich das Gesicht mit lauwarmem Wasser. Anschließend räumte sie ein paar Gläser weg, sorgte für Ordnung in der Küche, füllte Wasser in den Wasserkocher und stellte ihn an. Dann ging sie zu Lillis Zimmer und öffnete die Tür. Wie gerne hätte sie ihre Tochter in den Arm genommen, nachdem sie ihr vom Tod der Familienältesten erzählt hatte. Mina ließ ihren Blick durch Lillis Zimmer streifen. Sie vermisste die Nachmittage, an denen Lillis Freundinnen zu Besuch gewesen waren, sie Küche und Bad für sich reserviert hatten, Musik und Gesang durch die Wohnung drang, fröhliches Gekicher zu hören war, Keksduft über allem lag und es gleichzeitig nach Haarfarbe und anderen Teenagerexperimenten roch. Oder die Filmabende mit Lilli, an denen sich Salzgebäck oder Erdnüsse immer so schnell in Luft auflösten, dass weder Mina noch Lilli es glauben konnten, wenn sie in die leere Schüssel griffen. Das war nun alles vorbei. Vieles, was sie manchmal sogar gestört oder gefordert hatte, schien ihr in diesem Moment für immer verloren. Wobei das gar nicht stimmte. Denn die einzelnen Szenen glitzerten wie kleine Schneeflockensterne am Himmel ihrer Erinnerungen. Und während sie jeden einzelnen staunend betrachtete, sackte die Tatsache, dass Lilli nun wirklich aus dem Haus war, vom Kopf in Minas Herz.

Sie unterdrückte die Tränen, die sich schon wieder ihren Weg bahnen wollten. So nah am Wasser gebaut, erkannte sie sich kaum wieder. Lilli war schon immer souveräner darin gewesen, auch intensive Gefühle einfach auszuleben, während es für sie stets das Wichtigste war, eine Stütze für ihre Tochter zu sein – ohne Tränen.

Es fühlte sich so an, als hätte sich in ihrem Inneren hinter einer bröckelnden Mauer einiges aufgestaut. Mina wusste, dass sie großen Respekt davor hatte, sich nicht mehr unter Kontrolle zu haben und einfach loszuweinen. Aber vielleicht gelang es ihr ja, die innere Staumauer Stück für Stück zurückzubauen? Damit alles nach und nach sanft abfließen und ihre Gefühle wieder frei in ihrem ursprünglichen Bett strömen konnten?

Zurück im Wohnzimmer, blieb ihr Blick auf ihrer To-do-Liste hängen. Erst einmal würde sie nicht dazu kommen, die Liste anzugehen. Der Lauf des Lebens hatte ihr mächtig dazwischengefunkt. Müde und traurig schob sie den Gedanken beiseite. Jetzt war es wichtig, auf dem Lindenhof präsent zu sein, sich um Rike, Arunas Beisetzung und um ihre Tochter zu kümmern.

Es fühlte sich ein bisschen wie Ironie des Schicksals an – so hatte sich Mina die Rückkehr auf den Lindenhof nicht vorgestellt. In ihren Erinnerungen am Neujahrsabend war Sommer gewesen, alle waren fröhlich und das Leben schön und unbeschwert. Und jetzt? Es war kalt, alle waren traurig, und der kurze Moment der Leichtigkeit, den sie empfunden hatte, als sie bei Aruna im Zimmer gesessen und sich von ihr verabschiedet hatte, war längst verflogen. Fast kam es ihr so vor, als hätte sie ihn nur geträumt.

Erschöpft ging Mina in ihr Schlafzimmer und überlegte kurz, sich einfach so, wie sie war, ins Bett zu legen. Doch dann erinnerte sie sich an das heiße Wasser. Sie schlüpfte in ihr Nachthemd, ging in die Küche, brühte den Tee auf und nahm ihn mit in ihr Schlafzimmer. Sie löste ihre langen dunklen Haare, die im Licht rötlich schimmerten, aus dem Zopf, kuschelte sich unter die Bettdecke und nahm den warmen Becher in ihre Hände. Wie gut es tat, hier einfach zu sitzen und nichts tun zu müssen. Einfach zu sein. Nur wahrzunehmen, was jetzt war. Auch wenn das, was sie empfand, sie wirklich überforderte.

Woher soll ich bloß die Kraft für die nächsten Tage nehmen?, überlegte sie. Wie sollte sie die Zeit bis zur Beisetzung bewältigen? Und wie lange würde sie diese Trauer, diesen Schmerz aushalten? Sie versuchte, sich auf ihren Atem zu fokussieren, stellte den Teebecher weg und legte sich hin. »Morgen ist ein neuer Tag, Mina«, flüsterte sie sich Mut zu und schlief bald ein.

FAMILIENBANDE

Als Mina am nächsten Morgen wach wurde, fühlte sich erst alles an wie immer. Doch dann stiegen die Erinnerungen an den gestrigen Tag und an Arunas Tod wieder in ihr auf. Sie blinzelte in ihr Schlafzimmer und stellte fest, dass durch den kleinen Lichtschlitz, den sie immer zwischen ihren dunkelblauen Vorhängen offen stehen ließ, bereits Tageslicht fiel.

Ach herrje! Wie lange hatte sie nur geschlafen? Sie wollte aus dem Bett springen, aber ihr Körper folgte ihr nicht.

»Reiß dich zusammen, Mina! Rike wartet auf dich! Sie braucht dich!«, spornte sie sich an.

Jetzt funktionierte es mit dem Aufstehen. Mina griff nach ihrem Handy, rief Rike an, um ihr zu sagen, dass sie verschlafen hatte, und besprach ein paar Besorgungen mit ihr. Dann ging sie duschen, zog sich an, frühstückte und packte ihre Sachen.

Sie kaufte gerade Trauerkarten, Kerzen und Lebensmittel für die nächsten Tage, als ihr Handy klingelte. Es war Rike. Mina stellte die Jutebeutel mit den Einkäufen ab und ging ran.

»Mina?«

»Ja?«

»Nun haben sie Aruna abgeholt.«

Beide Frauen schwiegen, und es entstand ein kurzer Zwischenraum, in dem es zwar still war, gleichzeitig aber so vieles durcheinanderwirbelte.

»Fühl dich fest umarmt«, hörte Mina sich sagen. »Ich habe alles bekommen und kann mich gleich auf den Weg zu dir machen. Ist sonst alles in Ordnung mit dir, Rike?«

»Ja, Mina, danke. Ich habe heute Nacht eine Weile bei Aruna gewacht, sie noch etwas hinüberbegleitet, Abschied genommen und dann ein bisschen geschlafen. Gleich bekomme ich Besuch vom Nachbarhof. Ida hat gekocht und bringt einen Gemüseauflauf mit. Das wird mir guttun.«

Sie verabschiedeten sich, Mina atmete einmal tief durch, griff nach den Jutebeuteln und ging zum Auto. Sie stieg ein und atmete unruhig ein und aus, bevor sie auf den Lindenhof zu Rike fuhr, die nun wirklich allein war in diesem großen Haus.

Auch Rike schien bewusst Abschied genommen zu haben. Irgendwie beruhigte es Mina, dass ihre Tante das mit ihr geteilt hatte. Nur wenige Menschen sprachen offen über das Lebensende, und Mina hatte schon befürchtet, dass mit ihr etwas nicht stimmte, weil sie plötzlich Dinge tat, die ihr Verstand seltsam fand, sich aber absolut richtig und gut anfühlten.

Mina merkte gar nicht, wie mit diesen Gedanken

ein kurzes Lächeln der Entspannung über ihr Gesicht huschte, als sie ausparkte und sich auf den Weg machte.

Die Zeit auf dem Lindenhof verging wie im Flug. Weder Rike noch Mina hatten viel Gelegenheit, ihrer Trauer Raum zu geben. Der Hof musste weiter bewirtschaftet und einiges umorganisiert werden, da Aruna trotz ihres hohen Alters noch in die Arbeit auf dem Hof integriert gewesen war. Sie war es gewesen, die sich immer liebevoll um die Ferienwohnungen und die Gäste gekümmert hatte. Und da der Lindenhof sich herumgesprochen hatte, waren auch jetzt im Winter alle Wohnungen ausgebucht. Zusätzlich zum Tagesgeschäft schrieben die beiden Frauen die Trauerkarten, nahmen Beileidsbekundungen entgegen, kümmerten sich um Arunas Nachlass und organisierten die Beisetzung im Friedwald. Das Leben ging gnadenlos weiter.

»Oder ist der Lauf der Dinge eher ein Segen?« – Das war einer der Gedankenblitze, die Mina in diesen Tagen bewegten, wenn sie sich eine Pause gönnte und kurz auf die warme Ofenbank setzte, um durchzuatmen. Es waren kleine gedankliche Keime, die ihr eine wertvolle Erkenntnis schenkten: »In Krisen ist selten Zeit, um in Ruhe über das Leben nachzusinnen. Doch im Verborgenen setzen sich genau dann lichtvolle Samen der Weisheit in unsere Herzen, die später Frucht bringen, uns stark machen und Kraft schenken.« Ja, so war es. Daran glaubte Mina ganz fest, auch wenn sich alles gerade jetzt ganz anders anfühlte.

Sie stellte den leeren Teebecher ab, um die Trauerkarten weiterzuschreiben, als ihr Telefon klingelte. Es war Lilli, die ihr sagte, dass sie sich hatte freinehmen können und schon heute Abend mit dem Zug ankommen würde.

»Passt das?«, fragte sie. »Kannst du mich vom Bahnhof abholen?« Als Mina bejahte, fügte sie leiser hinzu: »Es ist seltsam, ich freue mich so sehr, dich und Rike zu sehen, und gleichzeitig ist alles so traurig.«

»Da sagst du was. Wir werden es uns hier so angenehm wie möglich machen und zusammen von Uroma Abschied nehmen. Ich wünsche dir eine gute Reise, Lilli. Bis später!«

»Bis nachher, Mama.«

Als der Zug am Abend am Bahnsteig einfuhr, spürte Mina, wie aufgeregt sie war. Ein Waggon nach dem anderen ratterte an ihr vorbei, bis der Zug zum Stehen kam und sich die Türen öffneten. Mina hatte sich auf dem Bahnsteig perfekt platziert, sodass Lilli aus dem Zug direkt in ihre Arme purzeln konnte.

Mina zog ihre Tochter an sich. Da war sie wieder! »Hey, Mama! Du drückst heute aber ganz schön feste zu …«

Wenn Mina hätte beschreiben sollen, was sie in diesem Moment des Wiedersehens alles fühlte, wäre das ein ziemlich verrückter Cocktail gewesen: Erleichterung, Stolz, Liebe, Angst, Freude, Trauer, Verzweiflung und Dankbarkeit. Und bestimmt noch mehr.

Sie war so sehr mit ihren Empfindungen beschäftigt, dass sie gar nicht mitbekam, wie ihrer Tochter kurz ein besorgter Ausdruck über das Gesicht huschte, als sie wahrnahm, wie traurig und erschöpft Mina wirkte.

Mina ließ Lilli los, und sie gingen untergehakt zum Auto. Ihre Tochter sah richtig gut aus. Sie hatte ihre dunklen Haare zu zwei Zöpfen geflochten, die unter ihrer grünen Mütze herausguckten. Sie strahlte und hatte gleichzeitig Tränen in den Augen. Es beruhigte Mina, dass sie nicht die Einzige war, mit der die Gefühle Achterbahn fuhren. Im nächsten Moment stellte sie etwas fest: Ihre Tochter hatte sich verändert. Was es war, wurde ihr bewusst, als Lilli ihr von der Reise und ihren Erlebnissen erzählte. Ihre Tochter war gereift in den letzten Monaten. Kein Wunder! Sie übernahm Verantwortung und arbeitete jeden Tag bei Wind und Wetter in der Natur. Ob es auch eine neue Liebe gab? Mit ihrem letzten Freund war es kurz nach dem Schulabschluss zu Ende gewesen, weil der sich keine Fernbeziehung hatte vorstellen können. Mina wischte den Gedanken fort und zwang sich, Lilli wieder aufmerksam zuzuhören. Sie wollte nichts Wichtiges verpassen.

Auf der Fahrt zum Lindenhof erfuhr sie dann, dass es tatsächlich einen jungen Mann gab, mit dem Lilli sich gut verstand. Die Gitarrenmusik im Hintergrund beim Telefonat … Mina schmunzelte in sich hinein und freute sich für ihre Tochter.

Auf dem Hof angekommen, sahen Mina und Lilli aus der Küche warmes Kerzenlicht leuchten. Rike öffnete die Tür und nahm Lilli herzlich in Empfang. Die drückte ihre Großtante lange und schluchzte kurz leise auf.

Mina brachte Lillis Gepäck nach oben, und als sie wieder nach unten kam, saßen Lilli und Rike Arm in Arm mit geschlossenen Augen auf der Ofenbank. Es lief leise Klaviermusik. Minas Augen wurden feucht. Auch wenn der Anlass sich alles andere als schön anfühlte – sie war dankbar, dass sie die nächsten Tage mit Lilli und Rike verbringen konnte. Aruna war nicht mehr bei ihnen. Das fühlte sich an wie die dunkelste Nacht, die Mina seit Langem erlebt hatte. Und doch war die Familie wieder zusammen. Das ließ parallel zu diesem schattenhaften Ereignis die Sonne in ihr scheinen und erwärmte ihr Herz.

Licht und Dunkel waren nicht nur in der Natur zyklisch miteinander verknüpft, sondern verbanden auch die Menschen miteinander. In einem Netz, gewebt aus Liebe.

Nachdem Mina noch eine Weile still im Türrahmen gelehnt und Rike und Lilli betrachtet hatte, trat sie in die Küche. Ihre Tante und ihre Tochter öffneten die Augen. Die Blicke der drei Frauen trafen sich, und Mina setzte sich mit zu ihnen auf die Ofenbank.

»Wo ist eigentlich Oma Ranja?«, fragte Lilli in die Stille hinein und meinte damit Minas Mutter, die sich gerade nach Jahrzehnten als Unternehmerin und einem auf die Arbeit ausgerichteten Leben eine Auszeit in Südostasien nahm und sich gewünscht hatte, nicht erreichbar zu sein. Es schien, als ob Ranja sich mit der gleichen Intensität, mit der sie sich ihrem Unternehmen und den damit einhergehenden Pflichten gewidmet hatte, nun von allem abwandte.

»Ranja hat sich für unbestimmte Zeit in ein Retreat zurückgezogen – ohne Handy und ohne Computer. Und sie hat uns auch keine Adresse gegeben«, klärte Mina ihre Tochter auf.

Lilli runzelte die Stirn. »Dann kann sie nicht bei Arunas Beisetzung dabei sein?«

Mina spürte einen Stich in ihrem Herzen. »Genauso ist es. Und daran lässt sich jetzt in der Kürze der Zeit auch nichts ändern!«, antwortete sie in einem scharfen Ton, der Lilli eindeutig zu verstehen gab, dass sie über Ranja jetzt nicht sprechen wollte.

Minas Beziehung zu ihrer Mutter war keine einfache, und sie und Rike hatten in den letzten Tagen oft darüber gesprochen, was zu tun sei. Beide Frauen waren schließlich zu dem Schluss gekommen, dass sie mit Arunas Tod schon genug zu tun hatten und keine Kraft aufbringen konnten und wollten, Ranja irgendwie ausfindig zu machen. Rike hatte Mina anfangs zwar ermutigt, ihre Mutter zu suchen, da Mina diejenige sei, die sich in der digitalen Welt auskenne und vielleicht eine Chance habe, Ranja ausfindig zu machen. Aber als sie gemerkt hatte, wie sehr ihre Nichte das Thema zusätzlich belastete, hatte sie geschwiegen.

Es war Ranjas Entscheidung gewesen, sich eine Komplettauszeit zu nehmen, und daran würde Arunas Tod nichts ändern. Mina kannte ihre Mutter nur als kühle, rationale Frau. Niemand hatte ahnen können, dass Aruna während ihrer Abwesenheit sterben würde. Ranja würde sich auch später im Friedwald verabschieden können.

Die nächsten Tage verbrachten die drei Frauen in einer Mischung aus stetigem Tun und ruhigem Zusammensein am warmen Ofen mit Geschichten, alten Fotos und Erinnerungen an Aruna. Lilli half auf dem Hof und schaute ihn sich nun mit ihren Erfahrungen der letzten Monate aus einer neuen Perspektive an. So hatten Rike und Mina mehr Zeit, sich um die Organisation der Beisetzung und alle Formalitäten zu kümmern.

Am Tag der Beisetzung war es kalt und klar. Obwohl kaum mehr Schnee lag, war es immer noch sehr winterlich. Die Sonne schien von einem blauen Himmel, während sie alle zusammen in den Friedwald fuhren.

Dort angekommen, leuchtete der ganze Wald. Die schräg einfallenden Lichtstrahlen zauberten eine mystische Stimmung und ließen das Moos zwischen den Bäumen grün schimmern. Im Schatten blitzten einzelne Eiskristalle auf, und in der Sonne glitzerten unzählige Tropfen an den Büschen und Bäumen.

Unter einer großen, weit ausladenden Buche versammelten sich nach und nach Familie, Freunde, Nachbarn und Bekannte, um Aruna die letzte Ehre zu erweisen. Mina konnte spüren, dass ihre Oma eine Frau gewesen war, die Wärme ausgestrahlt hatte – nicht nur innerhalb der Familie, sondern auch außerhalb, in ihr ganzes Umfeld. Selbst jetzt, da sie nicht mehr als Mensch unter ihnen war, lebte ihre Herzlichkeit in allen, die sie gekannt hatten, weiter. Und sie alle vermissten Aruna und ihr großes Herz.

Die Schönheit der Natur und das Miteinander der Menschen ließen Schauer durch Minas Körper fahren. Nicht, weil ihr kalt war, sondern weil sie berührt war. Ein wohliges Kribbeln zog ihr über den Rücken hoch bis zum Kopf. Und für einen Augenblick hatte sie das Gefühl, von hinten gehalten zu werden. So, wie ihre Oma sie manchmal als Kind nach einem langen Sommertag gehalten hatte, wenn sie miteinander in den Sonnenuntergang schauten.

Nach einer kurzen Zeit der Stille löste sich Rike aus dem Kreis der Trauernden und trat nach vorne. Sie hatte eine Rede vorbereitet. Bei den ersten Worten zitterte ihre Stimme noch. Doch dann, Satz für Satz, wurde sie fester. In den würdigenden Worten, die Rike für ihre Mutter gefunden hatte, lagen Liebe, Dankbarkeit, Respekt und viele Erinnerungen. Alle lauschten andächtig, und es gab sogar Momente der Leichtigkeit und des Schmunzelns.

Tief berührt von Rikes Worten, öffneten sich Minas Schleusen. Zum ersten Mal seit Arunas Tod ließ sie ihren Tränen freien Lauf und weinte ohne Angst und ohne sich dabei seltsam oder schwach zu fühlen. Und es war, als würden die Tränen ein Stück der Dunkelheit wegspülen und Platz für mehr Licht machen.

Während der ganzen Zeremonie hielten Mina und Lilli sich an der Hand und so auch ein bisschen aneinander fest. Auch Lilli war bewegt, schluchzte ab und an und blinzelte immer wieder in den leuchtenden Winterwald. Zum Abschluss sang der Chor, in dem Aruna lange mitgesungen hatte.

Der Gesang, der Wald, das Leuchten, das Gefühl von Liebe und Verbundenheit – es war ein gesegneter Tag, an dem sie alle in Würde und Dankbarkeit von ihrer Oma Abschied nehmen konnten. Diesen Moment würde Mina in sich hegen und pflegen.

MORGENROT

Am Tag nach der Trauerfeier reiste Lilli wieder ab. Rike und die Mitarbeiter hatten auf dem Hof alle Hände voll zu tun, und so fuhr auch Mina – wehmütig und dankbar zugleich – zurück in die Stadt.

Sobald sie in ihrer Wohnung angekommen war und ausgepackt hatte, war die Dankbarkeit verflogen. Stattdessen fühlte Mina sich wie gelähmt und völlig entwurzelt. Sie hatte sich ein paar weitere Tage freigenommen und bereute es sofort. Wäre es nicht besser gewesen, sich gleich wieder in die Arbeit zu stürzen? Einfach weiterzumachen? Vom Herz direkt wieder zurück in den Kopf? So, wie sie es immer machte, wenn sie sich selbst zu gefühlsduselig wurde.

Mina wollte gerade im Büro anrufen, um den Urlaub rückgängig zu machen, da entdeckte sie auf dem Tisch ihre To-do-Liste. Sie ließ das Handy sinken. Vielleicht war nun genau der richtige Moment für die Aufgaben, die dort auf dem Zettel standen? Sie kannte sich gut genug, um zu wissen, wie sehr sie es genoss, eine To-do-Liste abzuarbeiten. Hoffentlich war das diesmal genauso.

Mina ließ sich mit dem Stück Papier in der Hand auf die Couch sinken, schloss die Augen und merkte, wie viel Kraft es sie kosten würde, sie wieder zu öffnen. Morgen ist auch noch ein Tag, dachte sie.

Als sie ihre Augen wieder aufmachte, schmerzte ihr Nacken, und ihre To-do-Liste lag auf dem Boden. Sie musste vor lauter Erschöpfung eingeschlafen sein.

Auch die nächsten Anläufe, etwas zu tun oder wenigstens einen Punkt auf der Liste umzusetzen, scheiterten. Mina hatte weder die Kraft für einen Spaziergang noch dafür, mit irgendjemandem zu sprechen. Sie verspürte kaum Hunger und Durst, die Zeit schien aus der Form gefallen. Die Tage vergingen wie im Flug, tagsüber döste sie immer wieder weg, und nachts schlief sie lange. Und obwohl sie ab und an ein schlechtes Gewissen plagte, hatte Mina das Gefühl, dass sie diesen Schutzraum brauchte. Sie spürte, wie heilsam es war, einfach nichts zu tun und in der Stille zu sein. Waren Wunden vielleicht Türen für Wunder?

So sehr bei sich war Mina lange nicht mehr gewesen, aber ewig so weitermachen konnte und wollte sie nun auch wieder nicht. Da kam es wie gerufen, dass ihr Kühlschrank leer war. Höchste Zeit, nach diesem fordernden Jahresbeginn erste Schritt zu machen! Schritte in einen neuen Abschnitt ihres Lebens hinein – einen Abschnitt ohne Aruna. Mina kam das Bild eines kleinen Kindes in den Sinn, das zum ersten

Mal barfuß durchs Gras geht. Dafür war es zwar gerade zu kalt, aber dass draußen die Sonne schien und ein klarer Wintertag mit blauem Himmel auf sie wartete, machte ihr die Entscheidung leichter, nicht die Nummer des Sushi-Lieferservices um die Ecke zu wählen. Sie entschied: Ein kleiner Spaziergang im Park, danach etwas einkaufen, und die Welt würde bestimmt wieder anders aussehen.

Als Mina mit reich gefüllten Einkaufstaschen eine Weile später nach Hause kam und in den Flur des Altbauhauses trat, fiel ihr Blick auf ihren Briefkasten. Er war so voll, dass bereits ein paar Anzeigenblätter herausschauten. Sie stellte die Einkaufstaschen ab und schloss den Briefkasten auf. Neben der erwarteten Papierflut fiel ihr ein wunderschönes morgenrotes Kuvert in die Hände, auf dem in fein geschwungener Schrift ihr Name und ihre Adresse standen.

Wer schickt denn heute noch Briefe? Und noch dazu in einem solchen Umschlag, fragte sie sich und drehte das Kuvert um. Aber ein Absender war nirgends zu finden. »Seltsam«, murmelte sie, machte den Briefkasten wieder zu und stieg mit den Einkäufen und der Post in den Händen die Treppen zu ihrer Wohnung hinauf.

Mit jeder Stufe wuchs ihre Neugier auf den Brief. Es kribbelte in ihrem Bauch – fast so, als wäre sie verliebt. Mina musste grinsen, zum ersten Mal seit Tagen, dann schüttelte sie den Kopf und war froh, dass sie gerade niemand sehen konnte.

In der Wohnung streifte sie ihren Mantel und die Schuhe ab, räumte den Inhalt ihrer Taschen in die Küche und eilte dann mit der Post zum Tisch. Mit zittrigen Fingern öffnete sie das rote Kuvert, zog einen ebenfalls roten Briefbogen aus wunderschönem Büttenpapier aus dem Umschlag und faltete ihn auseinander. Er war in derselben Handschrift wie der Umschlag beschrieben.

Mina begann zu lesen. Und sie erinnerte sich sofort an das, was sie da las. Jedes Wort floss direkt in ihr Herz:

ATMEN

Im sanften Morgenrot
entfaltet dein Atem seine Kraft.
Die Magie des Lebens zeigt sich,
wenn das Licht den neuen Tag erschafft.

Die Morgensonne,
sie weist dir deinen Weg.
Stellt dich ins Licht,
damit du erkennst, wie es weitergeht.

Wenn dein Atem stockt,
lass ihn wieder fließen.
Damit nicht im Dunkeln verborgen bleibt,
was im Licht will sprießen.

Ehre die Kraft der Sonne,
sie scheint für dich.
Sie trägt deinen Atem
und zeigt dir, wer du bist.

Beginne jeden Tag bewusst.
Höre, wie der Morgen in dir lacht.
Vertraue deinem Lebensfluss,
und fühle,
wie dein Herzenslicht erwacht.

Minas Knie waren weich wie Pudding. Sie kannte diesen Text – sehr gut sogar. Es war ein Gedicht aus *Die Farben des Lichts.* Aruna hatte ihr daraus vorgelesen, wenn sie ihre Sommerferien auf dem Lindenhof verbracht hatte. Oma Aruna hatte es ihr Weisheitsbuch genannt. Wie lange war es her, dass sie diese Zeilen zuletzt gelesen oder an sie gedacht hatte? Mina wusste es nicht.

Viele der Texte in *Die Farben des Lichts* hatten sie damals inspiriert. Doch »Atmen« hatte sie immer besonders gemocht, und sie musste nun erkennen, dass ihr seine Weisheitsperlen und ihre Bedeutung über die Jahre verloren gegangen waren. Bis heute.

Bis dieser Brief ihr alles wieder in Erinnerung rief und sie tief berührte.

Mina war ganz benommen. Als sie das Kuvert aus der Hand legte, um sich hinzusetzen, fiel etwas zu Boden. Sie musste sich an der Stuhllehne festhalten, um den leichten Schwindel ihres Körpers auszutricksen. Dann entdeckte sie auf dem Teppich eine kleine, gepresste Erdbeerblüte. Wie früher auf dem Lindenhof, als Oma und ich durch den Garten gestreift sind und hinterher Blüten gepresst und anschließend kleine Kunstwerke daraus gemacht haben, dachte sie, hob die Blüte auf und setzte sich.

Es war kaum zu glauben, was der Brief zu offenbaren begann: Die Zeilen konnten nur von Aruna stammen! Sie hatte ihr diese geschickt, um sie an eine vergangene Version ihrer selbst zu erinnern! Eine junge Frau, die es noch wagte, sich dem Leben wieder und wieder anzuvertrauen, sich seinem manchmal unberechenbaren Strom hinzugeben, nicht alles zu planen und sich auf das einzulassen, was ihr der Moment schenkte. Genau so, wie es im Gedicht stand: *Vertraue deinem Lebensfluss und fühle, wie dein Herzenslicht erwacht.*

Für die junge Mina hatte es noch keine pflichtbewussten To-do-Listen gegeben. Nichts, womit sie sich ihren täglichen Takt vorzugeben versuchte – ohne Rücksicht auf natürliche Zyklen und ihren eigenen Rhythmus. Mina stand auf, setzte sich ans Fenster und stützte ihre Hände links und rechts neben sich auf die samtenen Kissen. Ihr Herz pochte laut und schlug ihr bis zum Hals. Vor Aufregung und Überwältigung fiel es ihr schwer, ihre Gedanken zu sortieren.

»Wie kann das sein?« – »Wo kommt dieser Brief her?« – »Was hat das alles zu bedeuten?« – »Was ist bloß los in meinem Leben?« Wie schon so oft in diesem noch jungen Jahr stieg eine Frage nach der anderen in ihr auf. Doch bevor Mina in ihr gewohntes Analysieren und Grübeln verfallen konnte, blickte sie aus dem Fenster in den grauen Himmel und erinnerte sich: *Wenn dein Atem stockt, lass ihn wieder fließen, damit nicht im Dunkeln verborgen bleibt, was im Licht will sprießen.*

Mina atmete ein – und aus – und wurde ruhiger.

Wie gut das tat! Dank des Briefes konnte sie nun bewusst daran anknüpfen, was Aruna ihr früher beigebracht hatte: sich auf den Atem zu fokussieren, um zur Ruhe zu kommen. Wie damals atmete sie durch die Nase ein und ebenfalls durch die Nase etwas länger wieder aus. Das wirkte entspannend und schenkte ihr sofort neue Energie.

Wie lange hatte sie das nicht mehr bewusst gemacht? So konnte es nicht weitergehen! Statt ohne Unterbrechung durch ihren Alltag zu eilen, nahm Mina sich vor, ab sofort regelmäßig Atempausen einzubauen – im wahrsten Sinne des Wortes. Ein oder zwei Minuten bewusst zu atmen, sollte doch jederzeit möglich sein, auch während der Arbeit. Mina spürte, dass das ein guter, machbarer Anfang war. Warum, wann und wie ihr das verloren gegangen war, konnte sie sich nicht erklären.

In diesem Moment blinzelte die Sonne schüchtern hinter den Wolken hervor und kitzelte Mina an der Nase. Ein kleines Lächeln flog über ihr Gesicht, während weitere Zeilen aus dem Brief durch ihr Herz flossen: *Die Morgensonne, sie weist dir deinen Weg, stellt dich ins Licht, damit du erkennst, wie es weitergeht.*

Jetzt wusste sie, was noch zu tun war. »Morgen werde ich mir den Wecker so stellen, dass ich zum Sonnenaufgang durch den Park zur Arbeit gehen kann«, sprach sie laut in den Raum. Ein bisschen seltsam kam es ihr zwar schon vor, das so zu sich selbst zu sagen. Aber es war allemal besser, als tagelang gefühlt Abermillionen unbewusste Gedanken durch den Kopf rattern zu lassen, ohne sie zu reflektieren. Mina fiel wieder ein, dass Aruna immer erst mit sich selbst über neue Projekte und Ideen gesprochen hatte, wenn sie nicht wusste, mit wem sie darüber reden sollte oder wollte – so, als wäre sie sich selbst eine gute Freundin.

Mina empfand es als großes Glück, dass die Weisheiten ihrer Oma ihr dank dieses Briefes plötzlich wieder so nahe waren.

Begreifen konnte sie es nicht, aber er musste von Aruna stammen. Sah die Schrift nicht der von Aruna ähnlich? Sie hatte ihn bestimmt kurz vor ihrem Tod abgeschickt. Er konnte nur von ihr sein.

Mina schloss kurz die Augen. Und fand sich in jenem Sommer wieder, in dem sie auf dem Lindenhof ihr künstlerisches Talent entdeckt hatte. Sie war schon etwas älter gewesen, vielleicht vierzehn, als sie in den Ferien morgens neben ihrem Bett ein kleines Geschenk gefunden hatte. Ihre Oma liebte es, Geschenke dann zu machen, wenn sie eine gute Idee für einen ihrer Lieblingsmenschen hatte – ganz gleich, ob gerade der Geburtstag oder Weihnachten in Sicht waren oder nicht. Auch hier hatte Aruna sich nicht an die Konventionen gehalten, sondern war ihrem Herzen gefolgt. Damals lagen in dem kleinen Päckchen ein Notizheft aus hochwertigem Papier, Buntstifte, ein Anspitzer, Radiergummi und Bleistifte. Es war der Beginn von Minas kreativen Auszeiten in der Natur gewesen. Zeiten, in denen sie rund um den Lindenhof zeichnete und Texte schrieb, wann immer sie Lust dazu hatte.

Die Zeilen aus dem Buch, die Aruna ihr schon als Kind im Garten des Lindenhofes vorgelesen hatte, die Erdbeerblüte und die erwachten Erinnerungen an ihre Beobachtungen und Erlebnisse inmitten der Natur wirkten wie ein kleiner Lichtblick am Ende von Minas Trauertunnel.

Inspiriert fasste sie einen dritten Entschluss: Sie würde wieder mehr Natur in ihr Leben lassen. Und obwohl Mina ihre Liste mit den Alltagsaufgaben noch nicht abgearbeitet, ja noch nicht einmal begonnen hatte, ging sie zu ihrem Schreibtisch und fand dort schnell, was sie gesucht hatte: Briefpapier, das mit einem schönen Blütendesign bedruckt war.

Genau jetzt würde sie ihrem Impuls nachgeben, mit dem sie dieses Jahr begonnen hatte, und eine To-do-Liste nur für ihre Herzenswünsche schreiben. Es hatte Arunas Brief gebraucht, damit sie sich endlich erlaubte, es auch zu tun. Und einfach, weil es sich für sie richtig anfühlte, griff Mina nach einem Füller und begann zu schreiben:

- *zu Fuß durch den Park zur Arbeit gehen*
- *Sonnentage genießen*
- *mehrmals am Tag bewusst ein- und ausatmen*
- *samstags Rike auf dem Hof besuchen und ihr helfen*
- *durch die Natur auf und um den Lindenhof streifen*
- *sonntags Waldspaziergänge am Stadtrand machen*
- *herausfinden, wo ich wohnen möchte*
- *dem Mann begegnen, mit dem ich gerne zusammen bin und der mir gerne Gefährte sein möchte*
- *öfter still werden und meiner inneren Stimme lauschen*
- *lernen, entspannt mit Gefühlen umzugehen*
- *mir regelmäßig Zeit zum Schreiben und Zeichnen nehmen*

Mit einem Lächeln schaute Mina auf das Papier und las noch einmal ihre Worte. Plötzlich war es ganz einfach gewesen, zu spüren und aufzuschreiben, was ihr Herz wärmte, und damit zu beginnen, ihren Wünschen und Visionen Raum zu geben. Gleich morgen würde sie starten. Sie prüfte den Wetterbericht und stellte erfreut fest, dass wieder die Sonne scheinen sollte. Sie würde also wirklich durch den Park zur Arbeit gehen.

Und Mina beschloss noch etwas: Sie würde niemandem etwas von dem geheimnisvollen Brief erzählen. Sie hatte das Gefühl, dass er nur für sie bestimmt war – ein letztes liebevolles Geschenk ihrer Oma. Eines, das ihr die Kraft gab, erstmals seit Langem wieder daran zu glauben, in ihrem Leben wirklich etwas verändern zu können.

Als am nächsten Morgen der Wecker klingelte, war Mina schon voller Tatendrang. Sie schmunzelte, als ihr zwei Zeilen aus dem Text im Brief durchs Herz gingen: *Beginne jeden Tag bewusst. Höre, wie der Morgen in dir lacht.*

So kannte sie sich so früh am Morgen gar nicht. Sie lächelte sich im Spiegel frech entgegen, duschte, zog sich an, frühstückte eine Kleinigkeit und lief los in Richtung Park. Die Sonne ging gerade auf, als sie auf der kleinen Anhöhe stand, von der man einen guten Blick auf die Teiche hatte. Sie atmete bewusst ein und aus, schloss kurz die Augen, nahm die Energie der aufgehenden Sonne in sich auf und bedankte sich still für diesen schönen Moment. Wie anders sich so ein Start in den Tag anfühlte.

Nach ihrem Urlaub gab es im Büro wie erwartet viel zu tun. Mina setzte in den kommenden Tagen mit ihrem Team Verkaufsziele fest, stimmte sich mit dem Marketing und der Geschäftsführung ab, schrieb unzählige Neujahrsgrüße an ihre Kunden und machte die Terminplanung für das neue Jahr. Im Frühjahr stand eine große Messe an, das wichtigste Jahresevent für die gesamte Branche.

Im Wirbel des Alltags konnte Mina ihre Gefühle schon immer gut beiseiteschieben. Da übernahm ihr Verstand die Führung. Aber etwas war doch anders als sonst, denn der Brief entfaltete auch hier und jetzt seine Wirkung: Ihr Leben begann sich zu verändern.

Sooft es ihr möglich war, spazierte sie morgens nun zur Arbeit und war erstaunt darüber, wie sehr eine solche Kleinigkeit und die damit einhergehende Stimmung sie durch den Tag trugen. Die kühle Luft im Park klärte ihren Geist, das bewusste Atmen hinterließ ein Gefühl von Freiheit. Sie musste ein ums andere Mal in sich hineinlächeln. Das war so untypisch für sie und hatte nichts Rationales.

Die alte Mina hätte gesagt, diese Zeit ließe sich doch sinnvoller gestalten. Aber vielleicht wurden ihre kleinen Streifzüge ihr schon deswegen so schnell heilig, weil sie einzig und allein den Sinn erfüllten, ihr gutzutun.

Mit jedem Tag wich ihre Trauer ein Stück weit der Vorfreude auf den Frühling. Ihr wurde wieder leichter ums Herz.

Erst war ihre Laune sehr davon geprägt, wie das Wetter war. Ob die Natur im Licht der Sonne strahlte oder sie sich bei Regen und Wolken in grauer Tristesse durch den Park bewegte, wirkte sich direkt auf ihre Stimmung aus. Doch nach und nach wandelte sich ihr Fokus. Wie sie die Natur um sich herum und ihr eigenes Wesen wahrnahm, war nicht in erster Linie von äußeren Faktoren abhängig! Nein, je öfter sie bewusst in den Tag startete, desto klarer wurde ihr, dass es ganz viel mit ihr selbst und ihren Erwartungen zu tun hatte. Es machte einen riesigen Unterschied, ob sie sich mit Leichtigkeit erlaubte, durch den Park zur Arbeit zu gehen, oder ob sie dachte, dafür keine Zeit zu haben.

An manchen Tagen war sie schon morgens in Gedanken so mit der Arbeit beschäftigt, dass sie sich kaum an ihren Weg durch den Park erinnern konnte. An anderen Tagen nahm sie doch den Bus, weil sie keine Lust hatte zu laufen. Manchmal hinderten sie auch frühe Meetings oder Verpflichtungen daran, zu Fuß zu gehen. Doch genau an jenen Tagen, an denen *kein* Raum für den morgendlichen Spaziergang durch den Park war, dachte sie dann wehmütig daran, wie schön es eigentlich war, den Tag so zu beginnen. Diese Sehnsucht stärkte ihre Dankbarkeit dafür, dass sie einen so wohltuenden Arbeitsweg hatte, obwohl sie mitten in der Stadt wohnte. Das wiederum motivierte sie, bei nächster Gelegenheit wieder zu Fuß durch den Park zur Arbeit zu gehen. Und wenn sie das tat, spürte sie, wie viel mehr Kraft ihr für den Tag zur Verfügung stand.

So wuchs in Mina nach und nach das Bewusstsein dafür, dass es gerade in den stressigsten Zeiten am wichtigsten war, diese nährende Routine beizubehalten, statt in gewohnte Muster zu verfallen, und alles so zu organisieren, dass sie morgens durch den Park gehen konnte.

All das floss Mina durch Kopf und Herz, als sie plötzlich ein Lichtphänomen neben sich wahrnahm. Die letzten Tage war es neblig gewesen, doch heute lag das Wäldchen im Park klar vor ihr und schimmerte hell in der Morgendämmerung. So, als würde der nahende Frühling durch die kahlen Kronen der Bäume einen Gruß schicken. Noch ahnte Mina nicht, dass sich für sie ein ganz besonderer Moment ankündigte. Einer, den sie mit keiner To-do-Liste der Welt hätte planen können.

Als sie aus dem Wäldchen kam und sich die Weite des Parks mit den einzelnen Bäumen vor ihr erstreckte, traf ihr Blick auf die schöne alte Eiche auf der Anhöhe. Fasziniert blieb sie stehen. Genau in diesem Augenblick ging direkt hinter dem noch blätterlosen Baum die Sonne auf. Die Farben am Himmel tauchten alles in tiefstes Morgenrot.

Mina flüsterte die ersten Zeilen des Briefes: *»Im*

sanften Morgenrot entfaltet dein Atem seine Kraft: Die Magie des Lebens zeigt sich, wenn das Licht den neuen Tag erschafft.«

Es war, als würde die Natur ihr inneres Bild zu diesen Worten in die Landschaft malen und sich genau jetzt nur für sie der schönste Naturlichtzauber entfalten.

Mina wurde warm ums Herz. Sie konnte gar nicht anders, als kurz staunend den Mund zu öffnen – so wundervoll war das, was sie sah und spürte. Kraft, Stärke und Klarheit strömten zu ihr. Nach einem kurzen Moment der Stille ging sie weiter, direkt zur Eiche. Ohne nachzudenken, was die Menschen um sie herum denken könnten, streifte sie um den Stamm herum, lehnte sich mit dem Rücken an den alten Baum, schloss die Augen und ließ sich die Morgensonne ins Gesicht scheinen. Sie nahm wahr, wie beim Einatmen die klare Luft in ihren Körper strömte.

Beim Ausatmen hatte sie das Gefühl, dass alles aus ihr wich, was sie jetzt gerade nicht mehr brauchte. Alle überflüssigen Gedanken konnten für diesen Moment gehen. Sie spürte, wie sie in sich weich wurde, und war dankbar, dass die Eiche ihr den Rücken stärkte – einfach anlehnen und die Kraft der Natur empfangen. Schön fühlte sich das an. Mina atmete weiter ruhig ein und aus, ließ sich noch tiefer in den Moment sinken und seufzte dabei leise.

FRÜHLINGSBOTEN

Der beinahe magische Sonnenaufgang im Park und die besondere Begegnung mit der Eiche hatten Mina frische Energie geschenkt. Energie, die sie von nun an mit Rike teilte, wenn sie samstags zum Lindenhof fuhr, um dort zu helfen. Ihre morgendlichen Spaziergänge zur Arbeit schenkten Mina Zeit für sich. Die Besuche auf dem Lindenhof stärkten die Familienbande und gaben ihr ein Gefühl von Wärme und Geborgenheit, auch wenn sich die Trauer um Aruna auf dem Lindenhof immer noch mehr zeigte als in ihrem Alltag. Es erfüllte Mina, für Rike zu kochen und im Haushalt zu helfen. So konnte sie etwas zurückgeben für all das Schöne, das sie an diesem Ort empfangen hatte, Rike eine Freude bereiten und sie entlasten.

Aruna war zwar alt, aber immer noch eine begnadete Köchin gewesen und hatte Rike und zuweilen auch die Mitarbeiter auf dem Lindenhof jeden Tag mit gutem Essen versorgt. Da war ihre Tante dankbar und glücklich, wenn Mina das nun an einem Tag in der Woche übernahm. Die frischen Kräuter, die der kalten Jahreszeit auf der Fensterbank in der Wohnküche trotzten, verfeinerten jedes Gericht, und die Frauen ließen es sich schmecken. Oft saßen sie nach dem Essen noch auf der Ofenbank, tranken Tee und schauten sich alte Fotos an. Oder sie gingen spazieren und genossen die Zeit miteinander.

Als eines Samstags die Wintersonne besonders schön leuchtete, fuhren Rike und Mina zusammen zum Friedwald und besuchten den Baum, an dem Aruna beigesetzt worden war. Sie breiteten ihre Arme aus und fassten sich – die Buche in ihre Mitte nehmend – an den Händen. Es war, als würden sie Aruna umarmen, während die Sonne genauso strahlte wie an dem Tag, an dem sie hier ihre letzte Ruhe gefunden hatte. Nur stand der kosmische Feuerball jetzt schon viel höher am Himmel als zu Beginn des Jahres.

Zurück in ihrer Wohnung in der Stadt, setzte Mina sich an ihren Lieblingsplatz auf der Fensterbank, schloss die Augen und ließ ihre Gedanken fliegen. Verwundert wurde ihr bewusst, dass sie in den vergangenen Winterwochen trotz der Trauer um Aruna viel mehr Momente erlebt hatte, die von Licht erfüllt gewesen waren, als jemals zuvor in der dunklen Jahreszeit. Das Bild ihrer Oma vor ihrem inneren Auge, als sie Rike umarmt hatte. Das mystische Erlebnis an Arunas Totenbett. Das Wiedersehen mit Lilli. Die vielen Menschen, die dankbar von Aruna Abschied genommen hatten. Der geheimnisvolle Brief. Ihre morgendlichen Spaziergänge durch den Park zur Arbeit und der Weg zurück. Der zauberschöne Sonnenaufgang hinter der Eiche auf der Anhöhe im Park und die leuchtenden Farben am Himmel. Die Verbundenheit mit Rike. Der Besuch im Friedwald.

In Mina formte sich eine Erkenntnis, die ihr zunächst mehr als widersprüchlich erschien und sie zugleich tief berührte: Arunas Seele hatte sich entschieden, ihren Körper nach einem langen Leben in der dunkelsten Zeit des Jahres zu verlassen und ins Licht zurückzukehren. Das hatte Mina unsanft wachgerüttelt und neu mit ihrer eigenen Seele in Verbindung gebracht.

Mina überlegte: War es gar nicht nur die Trauer um Aruna, die so viel Dunkelheit in ihr selbst erschaffen hatte? Vielleicht war ein Teil der Trauer und Tränen auch schon vorher in ihr gewesen und durch all das entstanden, was sie bisher in ihrem Leben nicht bewusst betrauert und verarbeitet hatte?

Lilli hatte eigentlich an der örtlichen Universität studieren wollen, und Mina hatte sich darauf gefreut, sie noch etwas um sich zu haben. Doch dann hatten sich die Pläne ihrer Tochter völlig unerwartet geändert. Und plötzlich war sie ausgezogen. Auch wenn Mina Lilli sehr früh bekommen hatte und jünger war als andere Mütter, deren Kinder das elterliche »Nest« verließen, erkannte sie, dass ein prägender Abschnitt für sie als Mutter und Frau vorbei war.

Ein neuer Lebensabschnitt begann. Sie spürte, dass sie diesen auf keinen Fall allein verbringen wollte.

Und dass es Zeit wurde, sich ungelösten Familienthemen zu widmen – allem voran der schwierigen Beziehung zu ihrer Mutter Ranja.

Zeigte sich all das nun ausgelöst durch Arunas Tod? Wie konnten sich durch ein so trauriges Ereignis auf wundersame Weise Türen öffnen, die wieder mehr Licht in Minas Alltag fließen ließen?

Andererseits war es nicht ungewöhnlich, dass Menschen durch unerwartete, schicksalhafte Ereignisse erlebten, wie schnell sich die eigene Realität wandeln kann. Ja, wahrscheinlich war sie nicht die Einzige, die mitten in einer Krise erfuhr, wie sich plötzlich das Herz öffnete und Veränderung nicht nur möglich, sondern irgendwie auch unausweichlich wurde.

Mina ließ diese Erkenntnis noch etwas wirken, bis sie wieder auftauchte aus dieser tiefen Bewusstseinsebene. Sie kannte solche Tauchgänge von früher. Aus den Zeiten, in denen sie mit Aruna gelesen hatte und mit ihr kreativ gewesen war. Und für die sie so lange zwischen Arbeit und Muttersein für Lilli keinen Raum mehr gefunden hatte.

»Sei's drum! Es war, wie es war, und jetzt ändern sich die Dinge!« Mina hatte diese Worte laut ausgesprochen und war aufgestanden.

Da war sie wieder, die taffe Vertrieblerin. Und die stellte beim Blick aus dem Fenster fest, dass an einer Sache jedenfalls nicht zu rütteln war: Die dunkelste Zeit des Jahres war Geschichte. Die Tage waren bereits wieder länger, die Helligkeit kehrte zurück. Und heute hatten Mina bereits die Kätzchen an den Weiden- und Haselsträuchern entgegengeleuchtet. Sie waren die ersten Frühlingsboten, die sich schon mitten im Winter mächtig ins Zeug legten. Mina genoss es sehr, nun mitzuerleben, wie sich die Natur von Tag zu Tag veränderte.

An einem der nächsten Samstage – Mina hatte eine kräftige Hühnersuppe gekocht – legte Rike ihr mit den Worten »Schau mal, das habe ich beim Aufräumen gefunden« nach dem Essen ein kleines Notizheft mit einer rot-samtenen Schleife auf den Tisch. Mina wollte überrascht nachfragen, sah ihre Tante aber nur noch von hinten.

»Ich gehe jetzt zu meiner Frauenrunde«, erklärte Rike und verschwand durch die Tür.

Mina hätte schwören können, dass Rike bei diesen Worten ein Lächeln auf den Lippen gelegen hatte. Wenn ihre Tante lächelte, konnte man das immer an ihrer Stimme hören. Umso neugieriger war sie nun, was sich in dem Notizheft für sie offenbaren würde. Sie löste die Schleife, ließ das samtene Band durch ihre Finger gleiten und legte es behutsam beiseite. Dann blätterte sie die erste Seite auf.

Nun erinnerte sie sich! Es war das Heft, das Aruna ihr geschenkt hatte. In ihm fand Mina Texte und Zeichnungen aus ihrer Jugendzeit. Sie verschob ihren Spaziergang und nahm sich Zeit zum Stöbern. Seite um Seite kitzelte dieser kleine Schatz ihre kreative Kraft wach, die sich damals in den Sommern auf dem Lindenhof in ihr entfaltet hatte.

Auf einer der Seiten war ein Foto eingeklebt. Es zeigte sie selbst als etwa Achtzehnjährige im Garten des Hofes. Sie hockte auf dem Boden und erntete Erdbeeren. Und obwohl ihr der Schweiß auf der Stirn stand und Mina sich erinnerte, wie anstrengend diese Arbeit in der Sommerhitze gewesen war, lachte und strahlte sie über das ganze Gesicht. Wann hatte sie zuletzt so gelacht? Und wie lange war es her, dass sie sich so eng mit sich selbst und der Natur verbunden gefühlt hatte? Mina erinnerte sich zurück an ihre Neujahrsgedanken und das Gefühl, etwas ändern zu wollen, ihr Bauchgefühl wieder wachzuküssen und wieder zu lernen, ihrer inneren Stimme zu lauschen.

Lächelnd stellte sie fest, dass sie bereits intensiver mit sich in Verbindung war als in den ganzen letzten Jahren. Und nun verspürte sie auch noch eine unbändige Lust, dem Zeichnen und Schreiben wieder einen Platz in ihrem Leben zu geben. Nur wo sollte sie das noch unterbringen? Sie hatte doch schon so viele Neuerungen eingebaut. Zudem waren bei der Arbeit gerade alle angespannt, weil die Messe immer näher rückte.

Sie spürte, wie es ihr wieder mal eng ums Herz wurde und ihr Kopf ansprang. Da war er wieder, der Drang, Struktur zu schaffen und alles analysieren zu wollen. Doch dieses Mal war etwas anders als sonst.

Erst fühlte es sich so an, als kämen ihr die Tränen. Stattdessen fing Mina plötzlich aus vollem Herzen an zu lachen. So wie auf dem Foto in ihrem alten Notizheft. Sie lachte und lachte. Ihr ganzer Körper schüttelte sich. Es war ein bisschen so, als würde ihr ganzes Wesen lachen und sich damit von dem Drang befreien, sofort alles organisieren und eine Lösung finden zu müssen.

»Warum machst du dir eigentlich immer so einen Druck, Mina?«, sagte sie laut zu sich selbst in die Stille der Küche und prustete gleich noch einmal los – nicht ohne sich kurz zu fragen, ob sie jetzt völlig durchdrehte. Nein, mit mir ist alles in bester Ordnung, dachte sie im nächsten Moment und lächelte, weil ihr gerade etwas Bedeutsames bewusst geworden war:

Früher hatte sie sich intuitiv regelmäßig Zeit für sich genommen, war in die Natur gegangen, kreativ geworden, hatte geschrieben und gezeichnet. Dabei hatte sich wie von selbst klar gezeigt, was ihr wichtig war und wie ihre nächsten Schritte aussehen könnten. Doch davon war im Laufe ihres Lebens als Erwachsene mit all den Verpflichtungen nicht viel übrig geblieben – nur die jährlichen Fotobücher für Lilli und die To-do-Listen, immerhin. Aber auch das hatte ihr zuletzt keine Freude mehr bereitet. Mina wusste auch, warum: Es lag an den hohen Erwartungen an sich selbst. Sie trieb sich mit ihrer kreativen Energie durch den Alltag, statt sie für sich und ihr Wohlbefinden zu nutzen.

Mina realisierte, dass sie die Dinge, die sich in ihrem Leben seit Arunas Tod zum Positiven gewendet hatten, zwar auf die Liste für ihre Herzenswünsche geschrieben hatte. Doch der Schritt davor war viel wichtiger gewesen: Sie hatte sich erlaubt innezuhalten, statt weiter durch ihr Leben zu eilen. So war ein Raum entstanden, in dem sie spüren und formulieren konnte, wonach sie sich sehnte.

Es war also gar nicht die Liste, die an erster Stelle stand, sondern die stillen Zeiten, in denen sie in sich hineinhorchen und sich zeigen konnte, was wirklich wichtig war.

Und ihre Wünsche hatten auch nicht deshalb angefangen, sich zu entfalten, weil sie alles strikt nach Plan abarbeitete, sondern weil sie entschieden hatte, dass sie mit tiefen Atemzügen und Spaziergängen zur Arbeit den Tag begann und darauf vertraute, genug Zeit für alles zu haben, was sonst noch wichtig war. Dass sich auf diesem Weg auch noch Türen für die allerschönsten Momente wieder öffnen würden – nämlich solche, die sich überraschend ins Leben einwebten wie Rikes Lächeln und das Notizheft aus ihrer Jugendzeit auf dem Küchentisch –, stimmte Mina glücklich. Und dieses Gefühl konnte man weder planen noch herbeiorganisieren.

Dankbar für ihren Lachanfall, die Erkenntnisse und den kreativen Schatz aus ihrer Jugend, mummelte Mina sich in Wintermantel, Mütze und Schal ein und ging nach draußen. Sie genoss den weiten Blick über die Felder, das Licht und den blauen Himmel und nahm sich Zeit. Spazierte durch den schönen Wintertag, blieb ab und an stehen, drehte ihr Gesicht der Sonne zu, schloss die Augen.

Ehre die Kraft der Sonne, sie scheint für dich. Sie trägt deinen Atem und zeigt dir, wer du bist.

Während Mina sich an die Zeilen aus dem roten Brief erinnerte, ließ sie die zarte, lichte Winterwärme in sich einströmen und atmete ruhig und tief. Sie spürte, wie gut die Sonne ihr tat und wie sehr sie das Tageslicht während der Arbeitswoche früher vermisst hatte. Bewusst sog sie alle Eindrücke in der Natur in sich auf und dachte: Wie schön wäre es, wenn ich diesen Frühling mit Aruna erleben könnte. Wenn sie miterleben würde, wie sich vieles neu gestaltet und ich meinem Leben eine neue Richtung gebe.

Sie schluckte hart. Trotz des Schmerzes zeigte sich ihr immer deutlicher, dass es ohne Arunas Tod und ihren Brief, der sie wie aus dem Jenseits erreicht hatte, all die positiven Veränderungen nie gegeben hätte. Sie hätte den Gedanken, sich Zeit dafür zu nehmen, herauszufinden, was sie sich wünschte, ans Ende ihrer To-do-Liste geschoben, die kurze Verbindung zu ihrem Bauchgefühl vom Neujahrsabend wäre verblasst oder sogar in Vergessenheit geraten, und sie hätte weitergelebt wie bisher.

Mina versuchte, ihrer Traurigkeit die Dankbarkeit an die Seite zu stellen. Denn es gab so vieles, für das sie dankbar sein konnte, Arunas Brief eingeschlossen. Sie öffnete bestärkt die Augen und sah sich um. Rund um den Lindenhof kündigte sich in jedem noch so kleinen Erdenwinkel fröhlich der Frühling an. Wenn man genau hinschaute, konnte man sehen, dass es an den Wegesrändern bereits wild keimte und wuchs. Überall streckten Pflanzen, die bisher als Samen in der Erde verborgen gewesen waren, ihre Köpfe aus der Erde und bahnten sich den Weg aus der Dunkelheit in den hellen, nahenden Frühling. An den sonnigen und feuchten Stellen schimmerte der Erdboden in zartem Grün, und die Blätter des Waldgeißblattes, einer Kletterpflanze, deren Blüten im Sommer vor allem abends und nachts ihren Duft entfalteten, leuchteten bereits der Sonne entgegen.

Und auch in Mina drängte sich ein Gedanke mit aller Kraft ins Licht ihres Bewusstseins: Mach dich bereit, Mina! Denn der Wandel in deinem Leben hat gerade erst begonnen!

Zurück in der Küche, nahm Mina noch einmal ihr altes Notizheft zur Hand. Die letzten Seiten waren leer. Sie lächelte. Als hätte sie nie daran gezweifelt, Raum für ihre Kreativität zu haben, griff sie nach dem Bleistift, der auf dem Küchentisch neben Rikes Einkaufszettel lag, und schrieb drauflos. Als sie fertig war, setzte sie noch eine kleine Zeichnung vom ersten zarten Blättergrün am Ast eines Waldgeißblattes unter ihre Worte. Dann klappte Mina zufrieden ihr Notizheft zu, lehnte sich an den warmen Ofen und schloss für einen Moment die Augen, bevor sie sich wieder ihren Aufgaben auf dem Lindenhof widmete.

DER RUF DES WALDES

Jetzt, wo die Tage länger und heller wurden, verbrachte Mina auf dem Lindenhof so viel Zeit wie möglich in der Natur. Und während der Frühling unaufhaltsam Einzug hielt, spürte sie, dass auch sie sich immer lebendiger fühlte. Diese zurückgewonnene Lebensfreude und die Sehnsucht, ihr Leben neu zu gestalten, ließen ihren Mut – meistens – größer sein als manchen Zweifel.

Mit jedem noch dick eingemummelten Spaziergang auf den weiten Feldwegen fiel es Mina leichter, ihre Allein-Zeit zu genießen und ihren Gefühlen und Gedanken zu begegnen, statt alles wegzudrücken und in Aktionismus zu verfallen wie in den Jahren zuvor.

Sogar bei der Arbeit gelang es ihr nun öfter, einen Punkt zu setzen und gut auf sich zu achten, statt immer weiterzuarbeiten. Sie hatte sich vorgenommen, Aufgaben auch mal liegen zu lassen, wenn sie nicht dringend waren, statt ohne Pausen alles, was sich zeigte, sofort zu erledigen. Sie wollte den Fokus auf die wichtigen Projekte legen, statt zu hohe Ansprüche an sich zu stellen, schnell unter Druck zu geraten und dann vor lauter Stress nicht mehr klar denken und handeln zu können. Was oft leichter gedacht als getan war. Doch wenn es ihr gelang und ihr der Verstand keinen Strich durch die Rechnung machte oder unerwartete, dringende Aufgaben dazwischenkamen, entstand tatsächlich mehr Raum für das große Messeprojekt. Sie waren besser in der Zeit als in den vergangenen Jahren, und es fiel ihr leichter, auch mal etwas an ihr Team abzugeben, was sonst auf ihrem Tisch gelandet wäre.

Bei aller Freude über ihr neues Lebensgefühl und ihren Beruf spürte Mina dennoch, dass sie oft über ihre Grenzen gehen musste und der Job manchmal mehr von ihr forderte, als ihr guttat. Oft kam sie erschöpft und spät nach Hause. Und wenn sie samstags vom Lindenhof wiederkam, war sie froh, dass sie am Sonntag keine Termine hatte und mit einer ihrer Freundinnen oder Lilli telefonieren konnte.

Seit der Beisetzung von Aruna erzählten Mina und Lilli sich regelmäßig voneinander und hielten sich auf dem Laufenden. Mal rief Mina Lilli an, mal war es umgekehrt. Es machte Mina sehr glücklich, eine so gute Verbindung zu ihrer Tochter zu haben.

Manchmal zeichnete oder schrieb Mina auch in ihrer freien Zeit. Oder sie schaute sich Bilder von Aruna an und ließ ein paar Tränen kullern. Es gelang ihr noch nicht, zu akzeptieren und ihren Frieden damit zu machen, dass sie so lange nicht auf dem Lindenhof gewesen war und Aruna nicht mehr hatte lebendig in die Arme schließen können.

Wie gerne würde Mina in solchen Momenten einfach aus der Tür gehen, mit ein paar Schritten in der Natur sein und einfach tief durchatmen, statt mitten in der Stadt an einer Straße zu stehen, wenn sie ihre Wohnung verließ. Ja, sie hatte den Park in der Nähe, aber einen echten Wald gab es dort nicht. Sie hatte es bisher noch nicht geschafft, auch nur einmal den Laptop aufzuklappen, eine Landkarte zu öffnen und zu schauen, welchen Wald am Stadtrand sie als Erstes erkunden wollte, um herauszufinden, wo ihr neues Zuhause sein könnte.

An einem sonnigen Samstagmorgen im Frühling werkelte Mina in der Küche des Lindenhofes. Sie war schon am Freitagabend aufs Land gefahren, mit Rike zu einem Frühjahrsfest im Dorf gegangen, hatte bis spät in die Nacht getanzt und dann auf dem Hof in ihrem alten Zimmer tief und fest geschlafen, bis die Strahlen der Morgensonne sie geweckt hatten. Die Nächte wurden kürzer, die Tage länger, und es war in den vergangenen Wochen ab und an schon richtig warm gewesen. Die Hummeln bummelten durch den Garten des Lindenhofes, die Vögel zwitscherten und sangen ihre Liebeslieder, und die Natur entfaltete kunstvoll ihre grüne Pracht. Weil es in der Nacht noch einmal so kalt geworden war, dass am Morgen Raureif auf der Wiese um den Hof gelegen hatte, heizte Mina den Ofen zum letzten Mal in diesem Frühjahr an, bevor die Sonne genug Wärme spendete. Anschließend kochte sie Wasser, brühte in der großen alten Keramikkanne Tee auf, zündete das Teelicht im Stövchen an, schenkte sich ein und stellte die Kanne behutsam auf das wärmende Licht des Feuers. Dann nahm sie den Becher in ihre Hände.

Mina liebte dieses Gefühl, wenn die glatte, glasierte Oberfläche der Keramik ihre Hände sanft durchwärmte. Das war für sie Entspannung pur. Sie schaute versunken hinaus in die zauberhafte Morgenstimmung zwischen den Linden und entdeckte die ersten grünen Sprenkel an den Ästen. Nach den Blättern der Birken, Kastanien und Buchen würden sich nun bald auch die herzförmigen Lindenblätter entfalten und ihre sanfte, friedliche Energie auf dem Lindenhof verströmen. Was in Mina einen Gedanken aufsteigen ließ: Was wird sich wohl für mich als Nächstes entfalten?

Ihre Sehnsucht, die Stadt zu verlassen und in die Natur zu ziehen, erwachte schon wieder. Es war an der Zeit, den Ort zu finden, an dem sie wohnen würde. Sie wusste, dass sie ihrer ureigenen Spur würde folgen »müssen«, wenn sie nicht wieder in ihre gewohnten Muster zurückfallen wollte.

Bevor sie zu grübeln beginnen konnte, wie sie die Wohnungssuche angehen sollte, deckte sie den Frühstückstisch, schnitt etwas Gurke und Tomate auf und bereitete frisches Rührei mit Toast zu. In diesem Moment kam Rike noch ganz verschlafen zur Küchentür herein, blieb neben Mina stehen, schaute zum Tisch und fing an zu lächeln, während sich ihre Augen plötzlich mit Tränen füllten.

Wortlos umarmten sich die beiden Frauen wie schon so oft in diesem Jahr. Und doch fühlte es sich mit jedem Mal leichter und lichter an. Mina und Rike konnten mehr und mehr annehmen, dass Aruna körperlich nicht mehr bei ihnen war. Gleichzeitig wurde den beiden Frauen immer bewusster, dass die Familienälteste in ihren Herzen weiterlebte und gerade hier auf dem Lindenhof immer präsent sein würde.

Mit einem fröhlichen »Guten Morgen, Rike« brach Mina den Bann. »Hast du gesehen? Die Linden zeigen ihr erstes zartes Grün.« Sie wies mit dem Finger zum Fenster.

Rike grinste wie ein junges Mädchen und wischte sich die Tränen ab. »Ja, das war gestern schon zu erahnen – wundervoll, oder? Bald blühen sie wieder. Dann duftet es auf dem ganzen Hof so herrlich süß, und die Luft ist vom Summen der Bienen erfüllt.«

Die beiden schwärmten noch ein wenig weiter, dann setzte Rike sich an den Tisch.

»Es hat so gut gerochen, dass mich nichts mehr im Bett gehalten hat«, sagte sie, griff zu Messer und Gabel, schnitt sich etwas vom Brot ab und steckte den ersten Bissen in den Mund, um genüsslich kauend zu sagen: »Danke, Mina, ef ift ein echtef Gefenk, daf du hier bift. Ich geniefe ef jedef Mal, wenn du mir etwaf fu effen machft.«

Jetzt gab es kein Halten mehr: Mina prustete los, und Rike hielt sich die Hand vor den Mund und stimmte mit ein.

Als sie sich wieder beruhigt hatten, ging Mina zu ihrem Platz und streichelte Rike im Vorbeigehen sanft über die Schulter. Ja, es war eindeutig Frühling, die Sonne entfaltete ihre Kraft, und Mina war sicher, dass Aruna sich freute, Rike und sie so fröhlich zu sehen, von wo aus auch immer ihre Oma sie beide beobachten mochte.

BUCHENGRÜN

Trotz des besonderen und schönen Moments mit Rike war Mina seltsam müde, als sie an diesem Abend in ihr Auto stieg und nach Hause fuhr. War es die Frühjahrsmüdigkeit? Oder doch eine unbewusste Erschöpfung? Der Gedanke, dass die Messe kurz bevorstand, holte sie wieder ein. Die wirtschaftliche Lage war im ganzen Land angespannt, und es war wichtig, dass sie gute Kontakte schließen würden und die Umsätze wieder in Gang kamen. Das ließ sie schon länger nicht mehr los und brachte täglich neue Herausforderungen mit sich. Sie ahnte, dass sie ihren freien Sonntag in ihrer Wohnung nicht würde genießen können. Mit jedem Kilometer, den sie tiefer in die Stadt eintauchte, wurde sie unentspannter.

Zu Hause angekommen, öffnete sie wie auf Autopilot den Briefkasten, griff hinein und nahm den Inhalt heraus. Ohne darauf zu achten, was sie in der Hand hielt, stieg sie die Treppen zu ihrer Wohnung hinauf. Sie legte den Papierstapel auf den Tisch an der Fensterbank, räumte auf und machte sich eine Kleinigkeit zu essen.

Als sie die Kerze auf dem Tisch anzünden wollte, stellte sie fest, dass es draußen noch viel zu hell war für Kerzenschein. Trotz ihrer Grübeleien und ihrer Erschöpfung schmunzelte Mina. Der Frühling war nun wirklich da. Als Mina ihren Teller auf den Tisch stellte und sich hinsetzte, streifte ihr Blick den Stapel aus dem Briefkasten. Zwischen der Werbung blitzte ein buchengrüner Briefumschlag hervor. Minas Herz begann sofort, schneller zu schlagen.

»Noch ein Brief? Wie kann das sein!«, rief sie aus. Sie schob ihren Teller beiseite, zog den Brief aus dem Stapel und streichelte behutsam mit ihren Fingern darüber. Die gleiche Handschrift wie bei dem morgenroten Kuvert zu Beginn des Jahres und wieder kein Absender. Konnte dieser Brief noch von Aruna sein? Das wurde alles immer mysteriöser!

NATUR

Tritt ein ins Reich der Pilze und Bäume
und öffne dich für ihre Welt.
Denn es ist ihr stetes, stilles Sein,
das alles hier zusammenhält.

Sprich ihnen täglich deinen Dank
und verneige dich vor ihrem Wesen.
Dann werden sie dich achtsam lehren,
die Weisheit der Natur zu lesen.

Werde still und wachse,
lass dich auf ihre Botschaft ein,
damit du überwinden kannst und dich lösen
von aller Welten falschem Schein.

Wirst dich als Menschenkind erfahren,
tief verbunden mit der Natur.
Wieder lernen, mit dem Herzen zu sehen,
und erkennen deiner Seele wahre Spur.

Wenn das frische Grün des Frühlings ruft,
finde Birken, Buchen, Eichen.
Sie bringen dich zurück in deinen Takt
und lassen alle Härte weichen.

Nimm dir Zeit draußen im Wald
und setz dich im Vertrauen zu den Bäumen.
Bei ihnen wirst du die Essenz der Liebe finden
und nicht länger nur von ihr träumen.

Auch das war ein Text aus dem Buch ihrer Oma – ein weiterer Schatz aus *Die Farben des Lichts*. Mina saugte jedes Wort in sich auf, dankbar für die wiedergefundenen Zeilen und verwirrt zugleich. Wie in Trance legte sie den Brief beiseite, stellte ihren Teller wieder vor sich hin und sagte laut: »Ich muss erst mal was essen.« Dass ihr Porridge inzwischen kalt geworden war, merkte sie kaum. In ihr arbeitete es. Das Geheimnis dieser Briefe und die Liebeserklärung an die

Natur, die sie gerade gelesen hatte, ließen mit jedem Löffel einen Entschluss reifen: Sie brauchte ein neues Zuhause im Grünen und am besten in der Nähe eines Waldes – so schnell wie möglich!

Mina entschied, sich morgen nicht an den Rechner zu setzen, über die Arbeit nachzudenken oder nach Wohnungsanzeigen zu schauen: Sie würde nach draußen in den Frühling gehen und die Natur am Stadtrand erkunden.

Als sie aufgegessen hatte, schaltete sie ihren Laptop an, öffnete eine Landkarte, wechselte in den Satellitenmodus und hielt Ausschau, wo sie am nächsten Tag starten wollte.

Obwohl sie bei der Arbeit durch die Messevorbereitung so viel zu tun hatte wie schon lange nicht mehr, erkundete Mina, sooft es ihr möglich war, von nun an die Wälder am Stadtrand und genoss die Zeit in der Natur. Die langen, hellen Tage kamen wie gerufen für ihren Plan. Mit jedem ihrer Ausflüge staunte Mina darüber, in welcher Geschwindigkeit sich die Natur im Frühling entwickelte, wie gut ihr die leuchtend hellen Grüntöne taten und wie viel frische Energie ihr die Zeit in der Natur schenkte.

Wenn das frische Grün des Frühlings ruft, finde Birken, Buchen, Eichen. Sie bringen dich zurück in deinen Takt und lassen alle Härte weichen – ja, aus diesen Briefzeilen sprach die Weisheit der Natur, genau so war es!

Bei einer ihrer Naturzeiten ging sie in einem der

Wälder vor den Toren der Stadt spazieren, als ihr auf dem kleinen Pfad ein älteres Ehepaar entgegenkam. Alle blieben stehen, und es ergab sich ein kurzes, nettes Gespräch über dies und das. Weil die beiden sehr sympathisch wirkten, erwischte Mina sich plötzlich dabei, dass sie ihnen von ihrem Wunsch erzählte, eine neue Wohnung im Grünen zu finden, und kam ins Schwärmen. Sie erzählte ihnen von Rehen, die ihr über den Weg gelaufen waren, den ersten Schmetterlingen, die sie dieses Jahr gesehen hatte, und dass ihr die Gegend, in der sie gerade unterwegs war, sehr gut gefiel. Die Wurzeln der Buchen könnten fast als Elefantenfüße durchgehen, und an manchen Stellen in der Rinde hätten sich Strukturen gebildet, die wie Augen aussähen. Alles in diesem Wald gefiel Mina und regte ihre Kreativität an.

Als sie am Ende noch einmal kurz ihren Wohnungswunsch aussprach, blitzten die Augen der älteren Dame auf, so, als wollte sie etwas dazu sagen. Fast unmerklich knuffte der Mann seiner Frau in die

Seite, woraufhin diese sich zurücknahm und nichts sagte.

Oder bildete Mina sich das nur ein, weil sie sich so sehr wünschte, dass ihr die Wohnungslösung vor die Füße gelegt wurde? Vielleicht hatte sie das ältere Ehepaar auch mit ihrer kreativen Beschreibung der Bäume überfordert.

Bei allem, was sie in diesem Jahr schon erlebt hatte, wusste Mina manchmal nicht mehr, ob wirklich alles, was sie wahrnahm, stimmte – obwohl ihre Intuition wuchs und sie täglich spürte, dass sie auf ihr Gefühl besser vertrauen konnte denn je.

Nachdem sie sich freundlich voneinander verabschiedet hatten und Mina ihre Runde im Wald beendet hatte, merkte sie, dass ihr Magen knurrte. Und seltsamerweise flammte auch wieder diese undefinierbare innere Unruhe in ihr auf. Sie beschloss, noch einmal durch den Ort zu gehen, der am Waldrand lag, und sich nach einem netten kleinen Restaurant umzusehen. Sie folgte einer Straße mit alten Häusern, die sich durch den Ort schlängelte, und bog um eine Kurve, als sie plötzlich vor einer Menschentraube stand. Mina kam gar nicht daran vorbei, so dicht gedrängt standen die Leute dort, was angesichts der Beschaulichkeit des Ortes wie eine Filmszene wirkte. Als sie auf die wenig befahrene Straße treten und der Menschenmenge ausweichen wollte, drangen einige Gesprächsfetzen in ihr Bewusstsein: »Wohnung«, »Was für eine schöne Gegend«, »So viele Bewerber? Da haben wir wohl kaum eine Chance.«

Hier war offensichtlich genau jetzt eine Wohnungsbesichtigung geplant! Mina blieb stehen, drehte den Kopf in Richtung Haus, und was sie sah, begeisterte sie sofort. Eine schöne alte Villa, ein großer Garten, eindrucksvolle hohe Bäume hinter dem Haus und ein paar Fenster mit buntem Glas, die aussahen wie Mandalas – in Farbtönen, die ihr sehr vertraut vorkamen.

Mina spürte wieder, wie ihr Herz schneller zu schlagen begann. Ohne nachzudenken, spontan und minauntypisch reihte sie sich in die Schlange ein. Die alte Mina hätte das nie gemacht – ohne zu recherchieren, ganz ohne Plan und ohne Informationen über die Wohnung und den Vermieter. Doch ihr neues Ich wusste, dass sie diesem Pfad folgen wollte, um herauszufinden, ob es vielleicht ihr goldener zu einem neuen Zuhause war.

Als Mina schließlich als letzte Interessentin das Haus betrat, begrüßte sie ein Mann. Er war ungefähr in ihrem Alter, hatte eine ruhige, warme Ausstrahlung, gab ihr die Hand und stellte sich als Valentin Berg vor. Überrascht schaute er zwischen Mina und seiner Bewerberliste hin und her. Denn dort konnte er ihren Namen natürlich nicht finden. Mina stellte sich kurz vor und ergänzte mit einem etwas verlegenen Lächeln auf den Lippen: »Ich hoffe, es ist okay, dass ich hier bin. Ich habe mich spontan angestellt, als ich gesehen habe, dass hier eine Wohnungsbesichtigung ist.« Als ein Lächeln über das Gesicht des Vermieters huschte, war sie erleichtert und fuhr fort: »Ich wünsche mir eine Wohnung außerhalb der Stadt in Waldnähe und war hier in der Gegend gerade spazieren. Es ist eigentlich gar nicht meine Art, so spontan zu sein. Aber in diesem Fall wollte ich mir die Gelegenheit nicht entgehen lassen. Haben Sie noch Zeit für eine weitere Besichtigung?«

Valentin Berg hatte Zeit, und die beiden fanden schnell in ein angenehmes Gespräch, bis er sich plötzlich entschuldigte: Er müsse kurz nach Aruna sehen.

Mina traute ihren Ohren kaum und blieb verdattert zurück. Da sah sie, dass im Garten eine große Golden-Retriever-Hündin herumtollte und schließlich auf den Vermieter zustürmte, der soeben in den weitläufigen Garten getreten war.

Zufall? Schicksal? Oder doch die Magie des Lebens? Mina hatte in den letzten Wochen zwar schon mehrmals erlebt, was alles möglich war, wenn sie sich dem Leben anvertraute. Aber dass die Hündin des Hausbesitzers tatsächlich Aruna hieß, grenzte an ein Wunder.

Als Valentin Berg zurückkehrte, schauten sie sich die Wohnung an, die zu mieten war. Fünfundsechzig Quadratmeter, genau richtig für Mina und mit einem kleinen Zimmer für Lilli. Die bodentiefen Fenster gaben den Blick auf die Buchen und Eichen hinter dem Haus frei. Die großen alten Bäume rahmten das Grundstück und bildeten eine natürliche Grenze zu den Nachbarn. Das Licht, das durch die Blätter fiel, zauberte eine wundervolle Stimmung in die Räume. Und die waldige Ruhe, die das Haus umgab, war nicht zu vergleichen mit dem Lärm der Stadt. Mina schaute sich um, ging von einem Raum in den nächsten und staunte. Sie konnte gar nicht glauben, dass der Impuls, dem sie gefolgt war, als sie die Menschenmenge auf der Straße gesehen hatte, nun eine so schöne Möglichkeit offenbarte, ein neues Zuhause zu finden. Und dann auch noch mit einem wirklich sympathischen Vermieter.

Die Wohnung lag im ersten Stock, und Mina stellte fest, dass sie sich sofort in diesen Ort verliebt hatte. Die Energie hier war wundervoll. Mina erinnerte sich daran, dass ihre Oma ihr von besonderen Orten in der Natur erzählt hatte. Plätze, die von Natur aus mehr Energie in sich trugen als andere und an denen man auf ganz natürliche Art und Weise rasch regenerieren konnte. An denen die Bäume eine kraftvolle und imposante Ausstrahlung hatten, in außergewöhnlichen Formen wuchsen und von denen ein ganz besonderer Zauber ausging. Der Lindenhof war so ein Ort, und es fühlte sich an, als würde dieses Haus auch an so einem Platz stehen.

Das erinnerte Mina an ein paar Zeilen aus dem buchengrünen Brief: *Tritt ein ins Reich der Pilze und*

Bäume und öffne dich für ihre Welt. Denn es ist ihr stetes, stilles Sein, das alles hier zusammenhält.

Ob im Garten der Villa auch essbare Pilze wuchsen wie an einigen Stellen rund um den Lindenhof? Wie gerne fände sie das heraus!

Mina trat vom Schlafzimmer auf den Balkon.

»Das Zimmer ist nach Osten ausgerichtet«, sagte der Vermieter.

Bei dem Gedanken daran, dass sie in diesem Zimmer von den morgendlichen Sonnenstrahlen wach gekitzelt werden würde und direkt auf den Balkon ins Freie gehen könnte, wurde Mina ganz warm ums Herz. Einen Balkon vermisste sie an ihrer Stadtwohnung am meisten.

Ihr Blick wanderte durch den Garten. In einem Busch entdeckte sie ein Nest, in dem eine Amsel saß und brütete. Die Luft war erfüllt von Frühlingsdüften. Alles summte und brummte. Eine Hummel bummelte direkt vor ihr durch die klare Luft und machte an der nächsten Blüte im Balkonkasten halt. Mina war so gerührt, dass sie gerade noch verhindern konnte, dass sich eine Träne aus ihrem Augenwinkel selbstständig machte und ihre Wange hinunterkullerte.

Sie war so vertieft in ihre eigene Welt, dass sie nicht wahrnahm, dass Valentin Berg, der schräg hinter ihr stand, ihre Rührung genauso bemerkte wie die schnelle Handbewegung, mit der sie sich die Träne aus dem Auge wischte.

Als beide wieder nach unten gingen, erzählte er,

dass er die Villa von seinen Eltern übernommen hatte und hier selbst erst seit kurzer Zeit mit seiner Hündin Aruna wohnte.

»Ich benötige dann noch Ihre Mieterselbstauskunft. Schicken Sie mir eine E-Mail?« Valentin Berg drückte Mina eine Visitenkarte in die Hand.

»Ja, sehr gern. Danke, dass Sie mir die Möglichkeit gegeben haben, die Wohnung spontan anzuschauen. Ich melde mich bei Ihnen.«

Mina verabschiedete sich und ging wie verzaubert zurück auf die Straße. Sie konnte sich kaum von dem Haus mit seiner seltsam vertrauten Energie losreißen. Wie es wohl wäre, hier einzuziehen, fragte sie sich.

Und als ob das allein nicht schon aufregend genug wäre, ertappte Mina sich dabei, dass ihr ausgerechnet in diesem Augenblick ein weiterer Punkt auf der Liste für ihre Herzenswünsche einfiel: *Dating-App?!* Sie schmunzelte. Wer weiß, ob sie sich darüber noch würde Gedanken machen müssen. Jetzt grinste Mina über das ganze Gesicht.

Im nächsten Augenblick hörte sie ihren Magen knurren und spürte ihr Hungergefühl. Sie nahm das Handy aus ihrem Rucksack, suchte auf der Karte nach einem Restaurant und fand auch eines – mit Blick auf einen kleinen See direkt am Wald gelegen. Dort aß sie einen leckeren Salat mit frisch gebackenem Vollkornbrot und schwelgte in Zukunftsvisionen. Dann fuhr sie zurück in die Stadt, um dem Vermieter direkt ihre Unterlagen zu schicken.

Es war möglich, dass sie das in der kommenden Woche nicht schaffen würde, da die Messe kurz bevorstand. Außerdem wollte sie sich selbst austricksen. Denn eigentlich war das, was sie heute erlebt hatte, zu schön, um wahr zu sein. Wenn sie jetzt wartete und sich nicht gleich für die Wohnung bewarb, würde ihr wahrscheinlich ihr Verstand dazwischenfunken. Und das wollte und konnte Mina auf keinen Fall riskieren.

Nachdem der Vermieter sich kurz für Minas Bewerbung bedankt und geschrieben hatte, dass er sich wieder melden würde, hörte sie nichts mehr von ihm. Keine einzige Nachricht.

Am Wochenende vor der Messe fuhr Mina noch einmal in den Ort, ging im Wald spazieren, schlenderte so unauffällig wie möglich an der Villa vorbei und stellte fest: Ihr erstes Bauchgefühl hatte sie nicht getäuscht. Es fühlte sich immer noch gut an. Dennoch blieb ihr wohl nichts anderes übrig, als sich langsam mit dem Gedanken anzufreunden, dass ihr die Wohnungsbesichtigung lediglich einen kurzen Ausflug beschert hatte – in eine kitschige Romanze, die der Liste mit ihren Herzenswünschen entsprungen war.

Schockverliebt in eine Wohnung, von deren Existenz ich bis vor Kurzem nichts wusste, und dann noch mit einem so interessanten und sympathischen Mann als Vermieter. Das wäre wohl etwas zu einfach gewesen, dachte Mina und wusste nicht, ob sie vor sich hin jammern oder doch lieber schmunzeln sollte.

Sie richtete sich auf, atmete ein paarmal tief durch und sagte laut zu sich selbst: »Alles hat seine Zeit, Mina. Jetzt ist erst mal Messe.«

Zu Hause telefonierte sie mit Rike und Lilli und sagte ihnen, dass sie die nächsten Tage beschäftigt und unterwegs sein würde. Ihren Ausflug ins Grüne mit der sonderbaren Wohnungsbesichtigung hatte sie für sich behalten. Und darüber war sie ganz froh. Denn das Letzte, was sie jetzt gebrauchen konnte, waren neugierige Fragen danach, was aus der Wohnung geworden sei. Manche Samen keimten, andere nicht. Ob dieser Keimling noch das Licht der Welt erblicken würde, bezweifelte Mina.

Als sie mit ihrem Team auf der Messe war, tauchte sie ganz in ihre Arbeit ein und dachte weder an die Wohnung noch an den Vermieter. Die Messe lief gut. Es gab viele Interessenten, die Gespräche waren vielversprechend, und die Stimmung im Team wurde jeden Tag besser, obwohl das Messegeschehen immer auch an den Kräften aller Beteiligten zehrte.

Am letzten Messeabend ging Mina mit ihrem Team essen. Als sie bei Espresso und Nachspeise angekommen waren, bedankte sie sich bei allen, wünschte ihnen noch einen schönen Abend und ging wenig später müde und zufrieden auf ihr Hotelzimmer. Dort zog sie Schuhe und Blazer aus, legte sich aufs Bett und griff zu ihrem Handy, um Musik zu hören. Sie wählte *Klänge aus der Stille,* eine Playlist mit inspirierenden Klavierstücken, die ein befreundeter Pianist und Komponist im vergangenen Jahr auf seinem ersten Konzert gespielt hatte. Es war ein wundervoller Abend gewesen, in dem mindestens eines der vielen Schlösser aufgesprungen war, mit denen Mina ihr Herz zu sichern versucht hatte. Als sie den ruhigen Klavierklängen nun erneut lauschte, wurde ihr klar, dass sich offensichtlich schon vor dem Neujahrstag schöne, öffnende Momente in ihr Leben geschlichen hatten. Solche, die ihr zeigen wollten, dass es sich lohnen könnte, wenn sie sich für Neues öffnete und ab und an ihrem Herzen lauschte.

Mina ließ sich immer mehr von den Klängen in die Stille des Seins entführen und sank tiefer und tiefer in ihr Kissen, als plötzlich die Musik stoppte und ihr Handy klingelte. Sie zuckte zusammen, richtete sich auf und griff nach dem Telefon. Auf dem Display leuchtete ein Name auf. Mina starrte auf das Handy und schaffte es gerade noch rechtzeitig, das Gespräch anzunehmen.

»Hier ist Valentin Berg«, meldete sich der Besitzer der Villa. »Entschuldigen Sie, dass ich mich jetzt erst melde. Haben Sie noch Interesse an der Wohnung?«

Mina traute ihren Ohren kaum. »Hallo, Herr Berg, ja, das habe ich. Ich hatte gar nicht mehr damit gerechnet, von Ihnen zu hören. Wie schön, dass Sie sich melden!«, platzte es aus ihr heraus.

»Das freut mich«, antwortete der Vermieter. »Was halten Sie davon, wenn Sie noch einmal vorbeikommen? Dann können wir in Ruhe alles klären, Sie schauen sich die Wohnung noch einmal an, und wir hätten Gelegenheit, uns als zukünftige Nachbarn etwas besser kennenzulernen. Einverstanden?«

»Ja, gerne«, stimmte Mina zu.

Nachdem sie einen Termin vereinbart und sich verabschiedet hatten, legte Mina auf. Sie brauchte ein paar Sekunden, um zu realisieren, was gerade passiert war. Nun also doch, dachte sie, vermied aber, sich zu sehr zu freuen.

Nachdem sie anfangs in die Romantikfalle getappt war, beschloss sie, ab jetzt alles ganz entspannt und Schritt für Schritt anzugehen. Und ihr nächster Schritt würde sie erst einmal, müde wie sie war, ins Bad führen.

Mina schminkte sich ab, putzte ihre Zähne, zog ihr Nachthemd an und stellte ihren Wecker für die Rückreise. Dann ließ sie sich ins Bett sinken und schlief sofort ein.

VILLA SONNENSCHEIN

Obwohl es auch nach der Messe bei der Arbeit durchgetaktet weiterging, fühlte es sich wie eine halbe Ewigkeit an, bis der Tag kam, an dem Mina zur Villa fuhr, um sich mit dem Vermieter zu treffen. In der Nacht hatte es geregnet, doch nun strahlte die Sonne von einem blauen, fast wolkenlosen Himmel. Ein paar Rapsfelder zeigten das letzte Gelb ihrer prachtvollen Blüte, alles wuchs und grünte – es war ein wundervoller Frühlingstag! Während der Fahrt öffnete Mina das Fenster, ließ die warme, nach Blüten duftende Luft in ihr Auto und summte dabei ihr Lieblingslied.

Als sie auf die Einfahrt fuhr, war es jedoch vorbei mit ihrer Entspannung. Sie spürte, wie aufgeregt sie war, ihr Herz hüpfte wild in ihrem Brustkorb hin und her, so sehr, dass sie erst einmal durchatmen musste. Werde ich hier bald zu Hause sein?, fragte sie sich.

Sie parkte ihr Auto, stieg aus und ging zum Eingang. Als sie ihren Blick hob, entdeckte sie ein Schild über der Tür, auf dem in schön geschwungenen Buchstaben *Villa Sonnenschein* stand. Sie konnte sich nicht erinnern, das Schild bei ihrem letzten Besuch gesehen zu haben. Aber es würde sie nicht wundern, wenn sie es da übersehen hätte. Mina musste grinsen. Der Name passte perfekt zu ihrem nun mit aller Macht wiederkehrenden Gedanken, dass sie überraschend in einem romantischen Film gelandet war, für den man sie wohl als eine der Hauptrollen gecastet hatte.

Sie drückte auf den Klingelknopf. Aruna bellte zweimal kurz, bevor Valentin Berg die Tür öffnete. Fröhlich begrüßte er Mina und bat sie ins Haus, wo Aruna neugierig um sie herumstreifte und an ihr schnupperte. Nachdem Mina sich die Wohnung noch einmal angeschaut und ihr erster Eindruck sich bestätigt hatte, lud Valentin sie in seine Wohnküche ein. Dort drückte er ihr einen Becher mit würzigem Chai-Tee in die Hand und bot ihr das Du an.

Mina willigte ein und freute sich darüber, denn das Sie fühlte sich zwischen ihnen nicht richtig an.

Mina stellte ihm ihre Fragen und erzählte auch etwas von sich. Valentin war ein geduldiger und empathischer Zuhörer. Als auch er ins Erzählen kam und dabei neuen Tee kochte, ließ Mina ihren Blick durch die Küche schweifen. Dabei entdeckte sie Aruna, die schlafend auf einem großen Kuschelkissen lag. Es

sah so aus, als wäre sie komplett in die Hundetraumwelt abgetaucht. Ihre Pfoten zuckten. Wahrscheinlich tollte sie gerade auf einer Sommerwiese umher oder schwamm in einem kleinen See.

Als Valentin wieder am Tisch saß und die Teebecher frisch gefüllt waren, folgte Mina – wie so oft in den letzten Wochen intuitiv und voller Vertrauen – ihrem Herzen. Sie erzählte ihm vom Tod ihrer Oma, von den Briefen und davon, wie diese ihr Leben grundlegend verändert hatten. Schließlich wäre sie ohne die Briefe nie auf die Idee gekommen, sich spontan die Wohnung anzuschauen.

»Bist du dir denn sicher, dass die Briefe von deiner Großmutter stammen?«, fragte Valentin, als sie zu Ende erzählt hatte. »Könnte sie nicht jemand anderes geschrieben haben? Jemand, der dich sehr gut kennt und wusste, wie du dich nach dem Tod von Aruna fühlen würdest, und der dir einfach helfen will?«

»Darüber habe ich nach dem zweiten Brief auch kurz nachgedacht«, sagte Mina. Und fügte leise hinzu: »Die Idee, dass die Briefe von Aruna sind, steckt so voller Wunder.«

Insgeheim tippte Mina auf Rike. Doch wenn sie ehrlich war, wollte sie gar nicht viel darüber nachdenken. Denn das Wichtigste an den Briefen war die neue Lebensdynamik, die sich dadurch für sie entfaltete.

Sie lenkte das Gespräch mit Valentin auf ein anderes Thema, und so entwickelte sich eine Unterhaltung, die erst endete, als beide feststellten, dass es trotz der langen Frühlingstage schon dämmerte. Bevor Mina wieder in die Stadt fuhr, unterschrieben sie den Mietvertrag – klare Sache.

Die kommenden Wochen vergingen wie im Flug. Da Mina so schnell nicht mit einer neuen Wohnung gerechnet hatte, stolperte sie völlig ungeplant in die Umzugsphase. Bei der Arbeit waren die Auftragsbücher dank der gelungenen Messe voll und der Arbeitsaufwand mindestens genauso hoch wie zuvor. Dazu kam, dass Valentin definitiv das Potenzial für Schmetterlinge in ihrem Bauch hatte, was sie einerseits beflügelte und andererseits beunruhigte. Alles in allem war es ein rasanter Frühling!

Mina kündigte die Stadtwohnung zum nächstmöglichen Termin, genoss bei den morgendlichen Spaziergängen zur Arbeit die Wärme der Sonne, räumte auf, mistete aus und packte Kisten. Parallel half sie Rike auf dem Lindenhof, wann immer es ihre Zeit zuließ. Nur in den Wald schaffte sie es nicht. Dafür würde sie genug Zeit haben, wenn sie erst einmal umgezogen war.

Je näher der Umzug rückte, desto mehr fühlte Mina sich wie in einem Dauerlauf. Zugleich war sie so dankbar für die neue Entwicklung in ihrem Leben, dass sie mit vollem Energieeinsatz dabei war, es zu gestalten. Wenn alles nach Herzenswunsch lief, fiel es leicht, täglich neue Kräfte zu mobilisieren. Außerdem war die Zeit rund um die Sommersonnenwende ohnehin eine sehr aktive. Die langen Tage, die Wärme und die vielen Sonnenstunden halfen ihr weiterzumachen. Und so merkte sie nicht, wie selten sie wirklich Ruhe fand und bei sich ankam.

Hin und wieder telefonierte Mina mit Valentin, um offene Punkte zu klären. Einmal vereinbarten sie ein Treffen, bei dem Mina die Wohnung ausmessen konnte. Es war ein warmer Sommertag. Dieses Mal bekam Mina von Valentin frischen Eistee mit Minze und Zitronensaft. Sie saßen auf der Terrasse, unterhielten sich, und Minas Herz tanzte beim Blick in den Garten. Valentin erzählte ihr, dass er gerade dabei war, ein Yogastudio aufzubauen, und wie es dazu gekommen war, dass er wieder in sein Elternhaus zurückzog.

»Hast du schon einmal von den Siebenjahreszyklen gehört?«, fragte er.

Mina nickte. Aruna hatte ihr einst von den sieben Hauptenergiezentren, den Chakren, im feinstofflichen Wesen der Menschen erzählt. Sie alle standen für einen bestimmten Lebensbereich. Die östlichen Weisheitslehren gingen davon aus, dass jeder Mensch alle sieben Jahre in einen neuen Zyklus eintrat, in dem es um die Entwicklung eines bestimmten Chakras ging.

Valentin vertraute Mina an, dass er mit der Vollendung seines neunundvierzigsten Lebensjahres entschieden hatte, sich an einem Ort fest zu verwurzeln, und seine Eltern ihn daraufhin überraschend gefragt hatten, ob er ihr Haus bereits jetzt übernehmen wolle. Das war für ihn das Zeichen gewesen, aus Indien, wo er lange als Koordinator in einer Hilfsorganisation gearbeitet und nebenbei eine Yogalehrerausbildung gemacht hatte, wieder in seine Heimat zurückzukehren.

Die Art und Weise, wie Valentin sich und das Leben betrachtete und reflektierte, und seine Offenheit ihr gegenüber bewegten Mina. Sie genoss die Zeit mit ihrem neuen Vermieter sehr. Noch immer war er der Einzige, der von den Briefen wusste.

Selbst ihren Freundinnen hatte sie nichts davon erzählt, obwohl sie vor Kurzem auf ein Glas Wein zusammengesessen hatten und die ein oder andere neugierig nachgefragt hatte, woher Mina die Kraft für all die Veränderungen in ihrem Leben nahm, nachdem das Jahr für sie so traurig begonnen hatte.

Manchmal wohnte dem Leben eben trotz – oder vielleicht auch gerade wegen? – der Aufgaben, die es einem stellte, ein besonderer Zauber inne. Mina hatte immer noch das Bedürfnis, diese besonderen Ereignisse wie einen Schatz zu hüten. Womöglich auch, weil sie fürchtete, dass die Magie verflog, sobald sie darüber sprach?

Gerade in Momenten wie diesen, mit Valentin auf der Terrasse, Aruna zu ihren Füßen liegend, von Wärme und Licht umgeben, kam sie sich vor wie die junge Mina, die in *Die Farben des Lichts* blätterte, die schönen Bilder im Buch betrachtete, sich in die Gedichte vertiefte und vor sich hin träumte. Warum sollte das mit Anfang vierzig verboten sein? Sie hatte lange genug Tag für Tag funktioniert. Jetzt durfte sie nicht nur träumen, sondern auch erleben, wie sich ihre Wünsche erfüllten – einer nach dem anderen.

Als Minas Umzug kurz bevorstand und sie bereits die Wohnungsschlüssel von Valentin erhalten hatte, kam Lilli für ein langes Wochenende in die Stadt. Zusammen stellten Mutter und Tochter Lillis Mädchenzimmer auf den Kopf. Sie lachten, schwelgten in Erinnerungen und packten Stück für Stück zusammen. Lilli entschied, was sie behalten und was sie weggeben wollte und welche der Möbel mit in ihr neues Zimmer umziehen sollten. Gegen Nachmittag fuhren sie an den Stadtrand, schlenderten durch den Wald und statteten Minas neuem Zuhause einen Besuch ab. Valentin war mit seiner Hündin übers Wochenende verreist. Ein schöner Zufall, wie Mina fand. So konnte sie mit ihrer Tochter in Ruhe ihr neues Reich begutachten.

Mina wusste, wie sehr Lilli sich einen Neuanfang für sie gewünscht hatte, und freute sich sehr über die Reaktion ihrer Tochter auf ihr neues Zuhause. Sie grinste über das ganze Gesicht und teilte Minas Begeisterung für die Villa Sonnenschein, die Wohnung, den Garten, die Bäume und die Lage in Waldnähe.

Als die beiden wieder in der Stadt waren, bot Lilli an, etwas zu kochen, was Mina dankbar annahm. Sie ging ins Wohnzimmer und legte sich auf die Couch. In diesem Moment wurde sie schlagartig müde.

Hui, die letzten Wochen hatten es wirklich in sich, dachte sie noch, bevor sie von einer Sekunde auf die andere einschlief. So bekam sie auch nicht mit, dass Lilli eine Weile später mit dem Essen ins Wohn- und Esszimmer kam, ihre schlafende Mutter betrachtete, sie behutsam zudeckte und dann eine Weile grübelnd dastand.

Mina hatte Lilli immer ein sicheres Gefühl geben wollen und war oft über ihre Grenzen gegangen. Der hohe Stresslevel der letzten Jahre, Monate und Wochen musste sich irgendwann bemerkbar machen.

Mitten in der Nacht wachte Mina auf und stellte erstaunt fest, dass sie auf dem Sofa lag und zugedeckt war. Sie stand leise auf, schaute nach Lilli, die in ihrem Zimmer selig schlief, und ging erst ins Bad und dann in ihr Schlafzimmer. Als sie sich hinlegte, realisierte sie, dass sie nur noch wenige Tage hier in dieser Wohnung zu Hause sein würde.

Am Tag des Umzugs war es nach einer heißen, trockenen Zeit ungewöhnlich regnerisch und gewittrig. Mina war erleichtert, dass sie sich entschieden hatte, ein Umzugsunternehmen zu beauftragen, statt alles wie früher mit ihren Freunden zu organisieren. So aufregend die letzten Wochen auch gewesen waren:

Als sie jetzt das letzte Mal in ihrer Stadtwohnung aufwachte, war sie ruhig und zentriert. Sie schaute auf die Uhr – es war kurz vor dem Alarm –, grinste, stellte den Wecker aus, stand auf, zog sich an, stellte den Wasserkocher an und bereitete sich ein Müsli zu. Als sie ihr Frühstück weggeputzt hatte, widmete sie sich der To-do-Liste für ihren Umzug.

Es war schon vieles abgehakt. Die Sache mit den Listen …, dachte Mina und schmunzelte. Ohne ihre Disziplin und ihren Sinn für Struktur wäre sie in dieser überraschenden Umzugsphase mit den vielen Aufgaben völlig überfordert gewesen. Und auch wenn die letzten Wochen alles andere als entspannt gewesen waren, hatte sie sich mit ihrer Liste nicht unter Druck gesetzt, sondern sich bei jedem Punkt gefreut, hinter den sie einen Haken setzen konnte.

Schließlich half dieses Stück Papier ihr, einen ihrer großen Herzenswünsche umzusetzen: eine Wohnung am Rande der Stadt in Waldnähe. Und wer weiß? Vielleicht würde sich in der Villa Sonnenschein ja noch ein weiterer Wunsch erfüllen.

Als die Leute vom Umzugsunternehmen klingelten, war Mina bestens vorbereitet. Es konnte losgehen! Schneller, als sie erwartet hatte, war die Wohnung leer geräumt. Sie schloss die Eingangstür und drehte den Schlüssel im Schloss ganz bewusst herum. Es fühlte sich an, als würde sie die letzten Worte eines Kapitels in ihrem Buch des Lebens zu Ende schreiben.

Wie wohl das neue Kapitel beginnen würde? Einen Augenblick lang blieb sie noch vor der verschlossenen Tür stehen, während innerlich viele kleine und große Momente an ihr vorbeizogen, die sie hier erlebt hatte. Ja, es war manchmal hart gewesen, aber auch eine gute Zeit. Schließlich hatte sie hier mit Lilli gelebt und sie aufwachsen sehen. Und sie hatte hier die Briefe bekommen. Diese Wohnung war die Basis für die Wendung in ihrem Leben gewesen. Mit einem dankbaren Herzen drehte sie sich um und ging die Treppen hinunter zu ihrem Auto.

Angekommen bei der Villa Sonnenschein, erwartete Valentin Mina bereits. Er wirkte etwas nervös und aufgeregt, was Mina amüsiert wahrnahm. Aruna spiegelte die Gefühle ihres Herrchens und sprang wie verrückt im Vorgarten hin und her. So hatte Mina ihren Vermieter und auch seine Hündin noch nie erlebt.

»Nun bin ich da«, sagte Mina zu Valentin und fügte mit einem frechen Lächeln hinzu: »Jetzt wird es ernst.«

Damit war das Eis gebrochen, Valentin fing an zu lachen.

»Na, hoffentlich nicht«, sagte er. »Auf dass der Spaß jetzt erst richtig losgeht!« Entschlossen ging er auf Mina zu und öffnete seine Arme. »Herzlich willkommen, Mina! Schön, dass du da bist. Auf gute Nachbarschaft!«

Mina nahm die Einladung nur zu gerne an und ließ sich von Valentin umarmen. Sie drückte ihn kurz und herzlich, löste sich dann wieder und atmete einmal tief durch. Aruna hatte aufgehört, wild durch den Garten zu toben, und kam fröhlich auf Valentin und Mina zugelaufen. Mina ging in die Knie auf Augenhöhe mit der Hündin, wuschelte durch ihr goldgelbes Fell und konnte gerade noch verhindern, dass Arunas Zunge ihr einmal quer durchs Gesicht schleckte. Sie richtete sich wieder auf und sagte:

»Es ist schön, hier zu sein. Fühlt sich gut an. Die Umzugsleute müssten auch gleich da sein.«

»Bis dahin ist sicher noch Zeit für einen Tee, oder?«, fragte Valentin mit einem Augenzwinkern, drehte sich um und ging in Richtung Küche. Mina folgte ihm ins Haus.

Als der Umzugswagen auf die Auffahrt fuhr, goss es in Strömen. Ab und an zuckte ein Blitz über den Himmel, und es donnerte immer wieder. Es war, als wollte sich Minas bisheriges Leben mit einem reinigenden Gewitter verabschieden und selbst die Möbel und Umzugskisten von allen alten Energien reinwaschen. Sowohl Mina und Valentin als auch das Umzugsteam hatten an diesem Tag jedenfalls alle Hände voll zu tun, alles in trockene Tücher zu bringen.

Zu Minas Überraschung packte Valentin wie selbstverständlich überall mit an, baute Möbel auf, die wieder montiert werden mussten, und bestellte am

Nachmittag für alle Pizza. Mina sorgte dafür, dass in ihrer neuen Wohnung alles an seinen Platz kam.

Am Ende blieb sogar noch etwas Zeit, um die ersten Kisten auszupacken und ihr Bett frisch zu beziehen. Als der Lkw leer war, machte sich das Team des Umzugsunternehmens auf den Heimweg. Ruhe kehrte ein, und der Himmel klarte auf.

Mina umarmte Valentin und sagte: »Danke für deine großartige Unterstützung heute. Das nächste Mal lade ich dich auf einen Tee zu mir ein.«

»Sehr gerne«, antwortete Valentin lächelnd. Keine Spur mehr von seiner morgendlichen Nervosität. »Und jetzt lasse ich dich mal in Ruhe ankommen und drehe eine Runde mit Aruna im Wald. Wenn du später irgendwas brauchst, komm einfach runter und klopf an.«

»Okay, danke, Valentin«, sagte Mina, schenkte ihm ein dankbares Lächeln und schloss die Wohnungstür.

Nun bin ich hier, dachte Mina. Eine Weile stand sie ganz still im Schlafzimmer und schaute in den weiten Garten, in dem im Licht der Abendsonne überall Regentropfen glitzerten. Sie hielt so lange inne, bis sie das Gefühl hatte, dass sie auch mit ihrem Herzen ein Stück weit in ihrer neuen Lebensrealität angekommen war. Dann ging sie ins Bad, und als sie die schöne frei stehende Badewanne sah, gab sie sich einen Ruck und ließ trotz der sommerlichen Temperaturen Badewasser ein. Die alte Mina hätte sich das nicht erlaubt. Schnell duschen, abtrocknen und weiter auspacken, wäre ihre Devise gewesen, damit so schnell wie möglich alles fertig war. Der neuen Mina schien es nach den Anstrengungen der letzten Wochen der einzig richtige Weg, genau jetzt eine Pause zu machen.

Sie zog sich aus, steckte ihre Haare hoch, ließ sich ins angenehm warme Wasser gleiten und merkte, wie sich nicht nur ihr Körper entspannte, sondern auch in ihrem Inneren Ruhe einkehrte. Ein Zustand, den sie in diesem Jahr wiederentdeckt, in den letzten Wochen aber selten gespürt hatte. Mit geschlossenen Augen lag sie in der Wanne und genoss die Stille in ihr und um sie herum. Keine Geräusche von anderen Mietern und kein Verkehrslärm, der durch die Fenster ins Haus drang. In diesem Moment durchströmte Mina das Gefühl von tiefer Dankbarkeit. Es fühlte sich an, als löste sich ihr Bewusstsein ein wenig von ihrem Körper. Wie von oben schaute sie auf sich selbst und ließ die letzten Wochen noch einmal an sich vorbeiziehen. Auch der heutige Tag zeigte sich noch einmal in seiner ganzen Fülle. Das viele Nass von oben, das sich wie das Ende einer Trockenzeit im doppelten Sinne anfühlte – für die Natur und auch in ihrem Leben. Valentins Nervosität, als sie angekommen war. Die Begrüßung mit Umarmung. Die Selbstverständlichkeit, mit der er sich heute einfach so und ohne vorherige Absprache den Tag freigenommen und geholfen hatte. Seine angenehme Zugewandtheit genauso wie der einfühlsame Rückzug am Abend. All das berührte Mina sehr. Und irgendwie vernahm sie eine tiefe Sehnsucht in sich.

Ihr Wunsch, sich zu verlieben und einmal wieder so richtig Schmetterlinge im Bauch zu haben, erinnerte sie an die junge Mina. Deren Suche nach männlicher Bestätigung hatte eher eine Unruhe in ihr ausgelöst und sie seltsamerweise gestresst. Was jetzt in ihr aufstieg, war neu. Es war der Wunsch nach einer anderen Art der Begegnung mit einem Mann. Einer Verbindung, die sich sanft und gut anfühlte, auch mal aufregend und kribbelig sein durfte, in der sie aber gleichzeitig geborgen und aufgehoben war. Eine, in der Nähe und Distanz Raum hatten. Eine Beziehung, die langsam, ohne große Erwartungen wachsen konnte, in der beide Partner sich frei bewegten und doch miteinander verbunden und einander zugewandt waren. Und in der Kommunikation selbstverständlich war – sowohl mit Worten als auch auf Herzensebene.

Als Mina mit diesem Wunsch aus der Welt des Wassers wieder auftauchte, fühlte sie sich wie neu. Irgendwie weicher und in ihrer Weiblichkeit gestärkt.

Ihr durchstrukturiertes, zielstrebiges und diszipliniertes Ich hatte gerade eine Auszeit. Mina seufzte leise und dachte an den Moment, in dem sie sich im Park an den Baum gelehnt und dort Halt und Geborgenheit empfunden hatte. Es war an der Zeit, dass sie sich ihre sanfte Seite öfter erlaubte, unabhängig davon, ob mit oder ohne Mann an ihrer Seite.

Die innere Ruhe von heute Morgen hatte sich gesetzt, und dazu hatte sich noch diese neue Sanftheit gesellt. Das alles fühlte sich gerade an wie ein kleines Wunder. Eines, das leise und unspektakulär daherkam und gleichzeitig von einer Dimension war, die Mina bisher nicht gekannt hatte. Eine weise Kraft, die in ihr selbst zu liegen schien und doch viel umfassender war.

Sie stieg aus der Wanne und trat, eingehüllt in ein Handtuch, auf den Balkon, um noch einmal einen Blick in den Garten zu werfen. Als sie wieder hineinging, ließ sie die Balkontür einen Spaltbreit offen stehen.

Wie ich heute Nacht wohl schlafen werde? Mit dieser Frage ihres Herzens kuschelte Mina sich in ihr Kissen, deckte sich zu, lauschte in den hellen Sommerabend und ließ sich vom Gesang der Vögel und der Melodie der Äste und Blätter, die sich leise im Wind wiegten, in den Schlaf begleiten.

SOMMERWALDZEIT

Obwohl sich die Sehnsucht nach einem ruhigen, entspannten Kennenlernen mit Valentin ganz klar gezeigt hatte: In der Realität fühlte es sich doch oft anders an. Es war herausfordernd, ihren neuen Alltag, die Arbeit und ihr Gefühlsleben in Ruhe und mit Vertrauen in Balance zu halten.

Da kam es Mina sehr gelegen, als Valentin sie an einem schönen Sommersonntag anrief und fragte, ob sie mit ihm und Aruna eine große Runde im Wald drehen wolle.

»Das ist ja eine gute Idee! Meine Woche hatte es in sich«, stimmte Mina spontan zu. »Ich ziehe mich kurz um und komme dann runter.«

»Ja, wir sind auch schon fast so weit. Ich freue mich! Bis gleich!«

Wenig später lief Mina in einem naturfarbenen Sommerkleid und Turnschuhen, die langen Haare offen über die Schulter tragend, die Treppe hinunter, wo die beiden schon auf sie warteten. Valentin und Mina umarmten sich, was gar nicht so einfach war, weil er einen großen Rucksack auf dem Rücken hatte.

Mina wunderte sich zwar etwas darüber, fragte aber nicht weiter nach. Aruna wuselte aufgeregt um die beiden herum und war anscheinend ebenfalls voller Freude, dass es heute im Dreierrudel in den Wald ging.

Fröhlich wanderten sie los, genossen die Sommersonne, tankten Licht, beobachteten Vögel, verweilten mal hier, mal dort, und entdeckten zwei Sommersteinpilze, die sie für ihr Abendbrot sammelten. Es war herrlich warm, ein laues Lüftchen wehte, und da es vor ein paar Tagen geregnet hatte, duftete der ganze Wald wunderbar würzig.

Sie wanderten immer tiefer in den Wald und hatten schon länger keine Spaziergänger mehr getroffen, da blieb Valentin plötzlich stehen. Er drehte sich zu Mina und schaute ihr tief in die Augen.

»Darf ich dir meinen Lieblingsplatz zeigen?«

Minas Knie wurden ein kleines bisschen weich.

Als sie nickte, nahm Valentin ihre Hand und führte sie zu einer Lichtung etwas abseits vom Weg, die von hellen Sonnenflecken auf dem Waldboden nur so übersät war. Kleine Insekten tanzten im Licht und sahen fast aus wie kleine Elfen. Mächtige Eichen und alte Buchen standen hier im Kreis. Einige von ihnen sahen aus, als hätten sie Gesichter. Mina drehte sich einmal um sich selbst. Ja, Valentin hatte sie in die Mitte einer Runde von freundlich lächelnden Naturwesen geführt. Überall gab es Moospolster, kleine Ansammlungen von Gräsern und Farn. Was für ein wunderschöner Ort! Während Mina diesen magischen Platz im Wald weiter bestaunte, nahm Valentin seinen Rucksack ab und zauberte in kürzester Zeit ein Picknick mitten in den Wald.

Kurz versuchten Minas Körper und ihre Gedanken, sie mit alten Ängsten aus der Schönheit dessen zu entführen, was gerade geschah. Doch dann gelang es ihr, ruhig zu atmen, ganz in den Moment einzutauchen, ihr Herz offen zu halten und zu vertrauen: Valentin war ein wunderbarer Mensch, und sie durfte das hier mit ihm genießen. Sie setzte sich zu Valentin auf die Decke. Als sie ihm für das Picknick danken wollte, legte er einen Finger an seine Lippen, rückte näher an sie heran und nahm sie in den Arm. Aneinandergelehnt saßen sie eine ganze Weile still da, genossen die Energie des Ortes und die Atmosphäre des Waldes. Dann schauten sie sich an, blickten einander in ihre Seelen, bevor sie sich in einem Kuss verbanden.

Als sie sich wieder voneinander lösten, lächelten sie vor sich hin, erzählten sich Geschichten aus ihrem Leben, lachten und ließen sich das Picknick schmecken.

Nach diesem Sonntag tauchte Mina nach und nach in Valentins Welt ein, während er sich mit ihrem Universum vertraut machte.

So erfuhr sie auch, dass ihm seine Hündin kurz nach seinem Einzug in sein Elternhaus zugelaufen war. Nachdem ihre Vorbesitzer nicht auffindbar gewesen waren, hatte er sich entschieden, ihr ein neues Zuhause zu schenken. Weil ihre Fellfarbe ihn so sehr an das Farbenspiel am Strand in Indien erinnerte, hatte er sie Aruna getauft. Der Name stammte aus dem Sanskrit und bedeutete Morgendämmerung, goldgelb, Morgenröte oder auch aufgehende Sonne.

Wie passend für diese fröhliche, fast goldfarbene Hündin, dachte Mina. Und fand, dass es auch für Oma Aruna keinen schöneren Namen hätte geben können. Denn überall dort, wo sie gewesen war, war immer sofort die Sonne aufgegangen. Wer ihr den Namen wohl gegeben hatte? Dieser Frage würde sie irgendwann einmal nachgehen, denn in ihrem neuen Leben vergingen die Tage wie im Flug, und es gab wenig Raum für Reflexion, stattdessen aber viele neue Erfahrungen.

Samstags fuhr Mina nach wie vor zu Rike auf den Lindenhof. Bei einem ihrer ersten Besuche nach dem Picknick schaute ihre Tante sie aufmerksam und verschmitzt an. »Gibt es was Neues, Liebes? Dein Herz leuchtet so hell, dass ich es in deinen Augen sehen kann«, sagte sie.

»Ach, Rike, vor dir kann man auch nichts verbergen«, antwortete Mina und lachte. Und dann erzählte sie ihr von sich und Valentin.

Seit sie außerhalb der Stadt wohnte, arbeitete Mina oft im Homeoffice. Wenn sie jedoch ins Büro fuhr, nutzte sie die Fahrzeit ab und an, um mit Lilli zu telefonieren, und offenbarte ihr nach und nach, dass sie sich gut einlebte und Valentin nun nicht mehr nur ihr Vermieter war, sondern der Mann an ihrer Seite. Lilli war ganz aus dem Häuschen und freute sich darauf, Valentin kennenzulernen!

Minas morgendliche Spaziergänge zur Arbeit, die in der Stadt zu einem nährenden und stärkenden Ritual geworden waren, fielen weg. Stattdessen drehte sie nun oft morgens eine kurze Runde im Wald, erledigte zu Fuß einen Einkauf im Ort, oder Valentin gab ihr morgens im Garten unter den schönen alten Bäumen eine Yogastunde.

Wenn sie dann neben und über sich das Grün der Blätter sah, gingen ihr die Zeilen über die Bäume aus dem letzten Brief durchs Herz: *Sprich ihnen täglich deinen Dank und verneige dich vor ihrem Wesen. Dann werden sie dich achtsam lehren, die Weisheit der Natur zu lesen.*

Nach langen Bürotagen freute sie sich besonders darauf, mit Aruna die Abendrunde im Wald zu drehen, während Valentin im Yogastudio seine Kurse gab. Wie gut, dass es im Sommer lange hell war! Mina liebte ihre täglichen Ausflüge in den Wald. Die Verbundenheit mit der Natur und den zahlreichen Lebewesen, die im Reich der Bäume wohnten, wuchs von Tag zu Tag.

An heißen Sommertagen genoss Mina die kühleren Temperaturen und die frische Luft im Wald. Sie wurde immer achtsamer und bemerkte, wie sich die Natur von Tag zu Tag veränderte. In langen Trockenphasen fielen ihr die hängenden Blätter, das trockene Moos und die verdorrten Gräser auf. Dann dürstete sie zusammen mit den Bäumen und Pflanzen nach Regen. Sie lauschte den Vogelstimmen und bemerkte, dass diese im Spätsommer immer mehr verstummten, bis es an Tagen ohne Wind fast ein bisschen unheimlich und so still im Wald wurde, dass Mina den Takt ihres Herzens wahrnehmen konnte.

Immer häufiger nahm sie sich Raum, an einem ihrer Lieblingsbäume eine Pause zu machen, sich auf den Waldboden zu setzen, mit dem Rücken an den Stamm zu lehnen und die Augen zu schließen. Manchmal fühlte sie dann, wie das Blut in ihren Adern zirkulierte oder ihr Körper sich in der meditativen Ruhe neu ausrichtete. Fast so, als würde der Baum mit ihrem Körper kommunizieren und ihm heilsame Impulse zukommen lassen. Manchmal löste sich eine Verspannung irgendwo im Nacken, ein anderes Mal spürte Mina, wie es im Lendenwirbelbereich pulsierte. Und immer kam sie erfrischter oder entspannter aus dem Wald, als sie hineingegangen war.

Je öfter sie in der Natur in Gegenwart eines Baumes

verweilte, desto mehr war sie davon überzeugt, dass Kommunikation nicht nur zwischen Tieren und Menschen, sondern auch zwischen Bäumen und Menschen möglich war. Es war, als ob die Bäume ihr etwas mitteilen wollten, und fühlte sich an wie ein Dialog.

Wenn Mina in ihrem Inneren eine Frage formulierte, erhielt sie oft unverhofft eine Antwort. Worte, die so prompt und schnell in ihr auftauchten, wie sie sie selbst nicht herbeidenken konnte. Von Zeit zu Zeit hatte sie spontane Eingebungen oder Erkenntnisse. Dann reihten sich Momente aus ihrer Vergangenheit, die sie intensiv erlebt hatte, wie im Film aneinander und offenbarten ihr ein größeres Bild. So gewann sie ein tieferes Verständnis für sich selbst und andere. Oft schrieb sie dann ihre Gedanken und Gefühle nieder oder zeichnete ein Blatt, einen Vogel oder einen Käfer ab, wenn sie ihr Notizbuch dabeihatte.

All diese neuen Erfahrungen überraschten Mina. Hin und wieder erwischte sie sich dabei, dass sie sich ihre Wahrnehmungen ausreden oder als Einbildung abstempeln wollte. Doch dann erinnerte sie sich jedes Mal an die Zeilen aus dem zweiten Brief und vertraute sich dem Prozess immer wieder neu an: *Werde still und wachse, lass dich auf ihre Botschaft ein, damit du überwinden kannst und dich lösen von aller Welten falschem Schein.*

Über all das Wunderbare, das sie im Wald und in der Natur erleben durfte, hatte ihre Oma ihr in ihrer

Kindheit viele Geschichten erzählt. Bisher war Mina jedoch davon ausgegangen, dass sie Arunas Fantasie entsprungen waren. Nun war sie sich da nicht mehr so sicher. Und sie fragte sich, was es mit dem Phänomen, das die Menschen Fantasie nannten, wirklich auf sich hatte. Eine Antwort hatte sie noch nicht gefunden. Sicher war, dass das, was sie hier im Wald erlebte, für sie real war.

All das stellte nicht nur ihr Weltbild mächtig auf den Kopf, es stärkte auch ihre Intuition und ihre Verbindung mit der Natur. Was es im Wald zu entdecken gab, wenn man sich Zeit nahm, wirklich hinzusehen, war an Schönheit im Detail nicht zu übertreffen. Hier spiegelten sich die Zyklen von Werden, Sein und Vergehen. Über die Bilder, die die Natur malte, zu staunen und sich der Faszination kleinster Details hinzugeben, wirkte auf Mina zutiefst entspannend und heilsam. Und manchmal, wenn die Lichtverhältnisse besonders leuchtend waren, hatte sie das Gefühl, als ob ihre Oma direkt aus dem Himmel in das Reich der Bäume lächeln würde und sich mit ihr über die wundersamen Fügungen in Minas Leben freute.

So, wie Mina im Winter begonnen hatte, durch den Park zur Arbeit zu gehen, und im Frühjahr in der Natur rund um den Lindenhof unterwegs gewesen war, tauchte sie nun in den Wald ein, um sich zu entspannen. Sie war zutiefst dankbar für dieses neue Bewusstsein in ihrem Leben. Nach und nach wurde ihr klar, dass ihre neuen Wahrnehmungsebenen sich vor allem dann ganz klar zeigten, wenn sie nichts dachte und erwartete, sondern sich leer machte und dem jetzigen Moment anvertraute.

Damit sie rund um ihre Waldzeiten nicht so viel nachdenken und planen musste, stellte Mina sich in ihrer Wohnung einen Rucksack mit einem Sitzkissen, einem Notizbuch, Stiften und ein paar Nüssen bereit, sodass sie je nach Witterung nur noch eine Trinkflasche oder einen Regenumhang dazupacken musste. So hatte sie alles, was sie im Wald brauchte, immer dabei.

Und auch Valentins Hündin Aruna nahm sie meistens mit. Mina liebte Arunas ruhiges und fröhliches Wesen. Inzwischen ließ die Hündin sich mit ihr auch an den Bäumen nieder, obwohl sie anfangs überhaupt nicht hatte einsehen wollen, warum es notwendig war, mitten im Schnüffeln der interessantesten Gerüche eine Pause einzulegen. Mina empfand für Aruna inzwischen echte Freundschaft.

Und das mit den Freundschaften war tatsächlich so eine Sache: Obwohl sich mit den Briefen so viel Gutes in ihrem Leben zeigte, hatte sie bisher nur mit Valentin über die ganze Wahrheit gesprochen. Gemeinsam mit ihm nährte sie die vielen Nuancen und kleinen Glücksmomente in der Höhle ihres Herzens. Einfach, weil sie sichergehen wollte, dass die Wurzeln des Neuen in Ruhe wachsen und die Keime ins Licht streben konnten, bis das frische Grün ihres Lebens so stark leuchtete, dass niemand auch nur ansatzweise wagen würde, darauf herumzutrampeln. Wahrscheinlich hatte diese Zurückhaltung auch gar nichts mit ihren Freundinnen zu tun, sondern damit, dass Mina sich selbst in ihrem Neusein sicher fühlen wollte, bevor sie sich damit zeigte. So sicher, dass sie ihren neuen Blick auf das Leben nicht mehr infrage stellte, sondern klar war:

Ja, das bin ich. Das ist mein Weg. Seht her. Das ist die neue Mina.

Ganz im Sinne der Zeilen aus dem zweiten Brief: *Wirst dich als Menschenkind erfahren, tief verbunden mit der Natur. Wieder lernen, mit dem Herzen zu sehen, und erkennen deiner Seele wahre Spur.*

BEKENNTNISSE

Mit Valentin an ihrer Seite genoss Mina den Sommer in vollen Zügen. Valentin war ein klarer, sanfter Mann, der auf seiner Reise viel gesehen und erlebt hatte und sich wünschte, in seinem Leben mehr innere und äußere Ruhe zu finden. Umso wichtiger war es für sie beide, auch gemeinsame Inseln zu schaffen. So intensiv und zuweilen verrückt die letzten Wochen auch gewesen waren – sonntags öffnete sich oft der Raum für Zweisamkeit mit Frühstück im Bett, intensiven Kuschelzeiten und ausgedehnten Spaziergängen im Wald.

An einem heißen Sommertag waren Valentin, Aruna und sie lange im Wald spazieren gewesen, als Mina eine Stelle wiedererkannte.

»Weißt du was?«, fragte sie.

Valentin, der vor ihr ging, drehte den Kopf zu Mina und sah sie neugierig an.

»Genau hier habe ich einmal ein älteres Paar getroffen. Wir sind ins Reden gekommen, und ich habe ihnen – warum auch immer – von dem Wunsch erzählt, in der Nähe dieses Waldes eine Wohnung zu finden. Es kam mir so vor, als wollte die Frau etwas dazu sagen. Aber nachdem ihr Mann sie in die Seite geknufft hatte, schwieg sie. Eine seltsame Begegnung … Auf dem Rückweg bin ich dann durch den Ort gegangen und habe die Menschentraube vor deiner Villa entdeckt, mich in die Wohnung verliebt und …«

»… später in deinem Vermieter einen deiner Lieblingsmenschen erkannt«, unterbrach Valentin sie mit einem breiten und etwas zu frechen Grinsen im Gesicht.

»Genau! Und zwar, obwohl du mich viel zu lange hast warten lassen. Ich hatte mich schon damit abgefunden, dass alles zu schön gewesen war, um wahr zu sein. Eine neue Wohnung und ein neuer Mann an meiner Seite nach gefühlten Jahrzehnten allein.« Mina lachte, aber Valentin wurde nachdenklich.

»Ja, manche Menschen werden leise, wenn sie zu viel fühlen«, sagte er.

»Wie meinst du das?«, fragte Mina.

»Na ja, du warst für mich genauso eine Überraschung, wie die Wohnung mit dem netten Vermieter eine für dich war. Und dann habe ich dich gesehen, als du eine Woche später noch einmal an der Villa vorbeigegangen bist. Das hat erst recht etwas mit mir gemacht. Für dich war es einfacher. Du konntest dich erst mal für die Wohnung interessieren. Ich habe mich direkt *für dich* interessiert! Und wusste nicht, ob es eine gute Idee wäre, dir die Wohnung zu vermieten. Da habe ich etwas Zeit gebraucht. Und Mut, meinem

Herzen zu folgen und gleichzeitig meine Erwartungen im Zaum zu halten. Wir kannten uns ja gar nicht. Das ist fast wie zusammenziehen, ohne sich zu kennen.«

Deswegen die Nervosität am Umzugstag, dachte Mina, während sie an Valentins Lippen hing.

Er zeigte seine Gefühle meist eher durch Taten. Umso mehr berührten sie nun seine Worte. So sehr, dass sie, statt zu antworten, zu ihm trat und ihm lange in die Augen schaute. Erst dann küsste sie ihn – innig und vertraut.

Plötzlich kam Aruna hinter zwei Bäumen hervorgetobt, die dicht beieinanderstanden und deren Äste an zwei Stellen miteinander verwachsen waren. Als Valentin das sah, musste er lachen: »Schau mal, eine Buche und eine Eiche zusammen. Die Buchen stehen für das Weibliche, die Eichen für das Männliche. Zusammengewachsene Äste nennt man Elfenaugen. Es gibt dieses Phänomen nur an Orten mit starker Vitalkraft und hoher Energie. Aruna hat das auch gespürt.«

Mina ging zu dem Baum und schaute sich fasziniert die zusammengewachsenen Äste an. »Komm, wir setzen uns eine Weile zu den beiden Bäumen«, sagte sie zu Valentin. Sie nahm ihren Rucksack ab, holte zwei Sitzkissen heraus, faltete sie auseinander und legte sie auf den Waldboden.

Valentin und Mina setzten sich hin, Aruna legte sich zu ihnen, und so saßen sie eine ganze Weile still miteinander im Wald, während Mina sich an ein paar Zeilen aus dem Naturtext im Brief erinnerte: *Nimm dir*

Zeit draußen im Wald und setz dich im Vertrauen zu den Bäumen. Bei ihnen wirst du die Essenz der Liebe finden und nicht länger nur von ihr träumen.

Mina und Valentin genossen ihre Zweisamkeit und öffneten sich einander mehr und mehr. Im Alltag gaben und nahmen sie sich den Raum, ihre Verbindung so zu gestalten, dass sie sich wohlfühlten, statt sich an den üblichen Bildern von Beziehung zu orientieren. Ihr Miteinander beflügelte sie, und sie einigten sich darauf, dass sie beide so frei und unabhängig wie möglich bleiben wollten.

Dadurch, dass Mina ihre eigene Wohnung behielt, konnten sie sich immer entscheiden, ob sie für sich oder miteinander sein wollten. Minas Freundinnen, denen sie endlich mehr erzählt hatte, fanden dieses Modell seltsam, aber für Mina fühlte es sich genau richtig an. Valentin war wie sie ein Freigeist mit Vergangenheit. Und sie beide hatten in einer Zeit des Neuanfangs zueinander gefunden. Da war es ein Segen, dass sie sich gegenseitig erlaubten, sowohl ihren eigenen neuen Rhythmus als auch in ein Miteinander zu finden.

Valentin gab ihr immer wieder Impulse, dass es auch im Tagesverlauf gut war, Pausen einzulegen, während sie ihm Tipps gab, wie er sein Yogastudio gut vermarkten konnte. Sie ergänzten sich gut.

Mina liebte seine Leichtigkeit, sein dankbares Wesen und seine flexible Lebensgestaltung. Manchmal war sie auch ein bisschen neidisch, weil sie sich aufgrund ihres Jobs in ihrer Zeitgestaltung nicht so frei fühlte wie er.

Und ja, beide waren auch mal gefordert und genervt. Sie hatten so lange allein gelebt und brachten ihre wunden Punkte, Verletzungen und ihre eigene Geschichte mit. Alte Gefühle und Muster zeigten sich. Sich einander mehr und mehr zu öffnen, brauchte viel Vertrauen.

Die neue Verbundenheit machte Mina wieder verletzlich und öffnete Bereiche in ihrem Herzen, die sie gut unter Verschluss gehalten hatte. Vieles wollte verarbeitet und »neu« werden. Meistens gelang es ihnen gut, Konflikte zu lösen.

Nur wenn es um ihre Familien ging, verschloss Valentin sich. Dann hatte Mina das Gefühl, dass es etwas gab, was er ihr noch nicht erzählt hatte. Es fühlte sich an wie eine Last, die er mit sich herumtrug.

Wenn sie ihn darauf ansprach, schaute er sie etwas unsicher, ertappt und manchmal sogar mit einem abweisenden Blitzen in den Augen an, lenkte den Fokus auf etwas anderes und ließ sie nicht tiefer blicken. Bis zu dem Tag, an dem Mina und Valentin ein kleines Spätsommerfest geplant hatten. Die Nächte waren nun schon wieder länger, die Temperaturen kühler. Doch an diesem Nachmittag war es nach einem kräftigen Regenguss am Morgen warm und sonnig – ein schöner Tag für ein Kennenlernen ihrer Familien.

Valentin hatte seine Eltern Emily und Theo eingeladen, Mina Lilli und Rike. Ihre Mutter Ranja war nach wie vor in ihrem Sabbatjahr.

Im Garten war alles vorbereitet. In den Bäumen hingen bunte Lampions, und ein bunter Sommerblumenstrauß schmückte die Mitte des Tisches. Mina hatte Kuchen gebacken, Valentin ein Gemüsecurry gekocht. Die erste Begegnung zwischen Lilli, Rike und Valentin verlief genau so, wie Mina es sich gewünscht hatte. Offen, fröhlich und herzlich. Alle freuten sich, einander kennenzulernen, und Lilli kraulte selig lächelnd Arunas Kopf.

Sie saßen gerade zwischen den großen Bäumen und unterhielten sich, als es klingelte.

Sofort sprang Aruna auf und trottete ins Haus, Valentin und Mina folgten ihr. Valentin öffnete die Tür, während Mina hinter ihm und Aruna im Flur stand. Als sie Valentins Eltern sah, traute sie ihren Augen nicht.

Ein weiterer dieser Momente, die sich seit den Briefen immer wieder in ihrem Leben offenbarten! Mina hatte Valentins Eltern schon einmal gesehen – es war das Paar im Wald am Tag der Besichtigung gewesen! Alle begrüßten sich, lachten über das »zufällige« Treffen im Wald und gingen in den Garten.

Mina stellte Emily und Theo erst Rike und dann Lilli vor. Als Emily überrascht nachfragte, ob Lilli ihre Tochter sei, wandte sich Valentin ab und verschwand im Haus.

Was geht hier vor sich?, fragte sich Mina. Sie würde später versuchen, das zu klären.

Valentin kam bald zurück, und alle verbrachten einen schönen Nachmittag. Emily war Malerin, und Theo schwärmte von ihren Bildern, wovon einige auch in der Villa Sonnenschein hingen.

Mina warf Valentin einen fragenden Blick zu. Sie mochte die Bilder, aber dass sie von seiner Mutter stammten, hatte Valentin ihr nicht erzählt. Wie seltsam.

Es wurde zwar weiter gegessen, erzählt und diskutiert – aber so richtig entspannt war die Stimmung nicht. Vor allem nicht zwischen Valentin und seiner Mutter. Wobei es Mina so vorkam, als wäre es eher für Valentin schwierig, seiner Mutter zu begegnen, als umgekehrt. Gegen neun Uhr verabschiedeten sich erst Valentins Eltern, dann Rike und Lilli, die auf dem Lindenhof übernachten und am nächsten Tag abreisen wollte.

»Mama, ich mag Valentin. Und seine Hündin toppt alles, Aruna ist sehr süß«, flüsterte sie Mina ins Ohr, als sie sich umarmten.

»Schön«, flüsterte Mina zurück, drückte ihre Tochter und brachte sie noch kurz mit zum Auto.

Draußen dämmerte es bereits, es wurde kühler, und das Licht in den Lampions begann zu leuchten. Mina beobachtete Valentin von der Küche aus. Er bestückte den Feuerkorb mit Holz und brachte es zum Brennen. Mina kochte einen Tee, stellte alles zusam-

men mit zwei kleinen Schüsseln Gemüsecurry auf ein Tablett und ging hinaus zu ihm.

Schweigend setzten sich beide ans Feuer und aßen. Und ganz plötzlich, wie Mina damals an dem Tag, als sie ihm von den Briefen erzählt hatte, begann nun Valentin, von sich zu erzählen. Dass er während seiner Zeit im Ausland mit einer Frau zusammen gewesen war. Sie war schwanger geworden und hatte das Kind verloren. Darüber und auch aufgrund der kulturellen und religiösen Unterschiede war die Beziehung zerbrochen, was Valentin schwer mitgenommen hatte.

Seine Mutter hatte über den Verlust ihres Enkelkindes und die Trennung noch mehr getrauert als er selbst. So sehr, dass sie nicht tröstend für ihn da gewesen war. Vielmehr hatte sie ihm Vorwürfe wegen der Trennung gemacht. Für Valentin fühlte es sich bis heute so an, als wünschte sie sich nichts sehnlicher als ein Enkelkind. Deswegen hatte er es nicht übers Herz gebracht, seinen Eltern zu erzählen, dass Mina die Mutter einer bereits erwachsenen Tochter war.

Als Valentin zu Ende erzählt hatte, blieb es still am Feuer. Mina war einerseits erleichtert, dass Valentin sich ihr endlich geöffnet und ihr seinen Schmerz über dieses so wichtige Kapitel in seinem Leben offenbart hatte. Gleichzeitig spürte sie, wie eine große Traurigkeit in ihr aufzog und ihr kalt wurde.

Warum hatte er sich ihr nicht früher anvertraut und Lilli gegenüber seinen Eltern verschwiegen? Mit der Traurigkeit spürte Mina nach all den guten Fügungen plötzlich mit aller Macht, wie viel von ihrer Energie in die letzten Monate geflossen war.

Sie starrte ins Feuer, Tränen liefen ihr über die Wangen. Valentin legte ihr seine Hand auf den Arm. Einen ewigen Augenblick später schaffte sie es endlich, ihn anzuschauen. Auch sein Gesicht war von Trauer gezeichnet, und seine Augen glänzten. Aruna, die neben ihnen schlief, seufzte im Schlaf auf. Mina griff nach Valentins Hand und verflocht ihre Finger mit seinen. Ihr Mund öffnete sich, und sie hörte sich sagen, dass sie sich einen Tag Auszeit auf dem Lindenhof nehmen wolle. Sie löste ihre Hand aus seiner, ging ins Haus, telefonierte kurz mit Rike, packte ein paar Sachen zusammen und fuhr los.

Auf dem Lindenhof angekommen, wollte Mina nur noch schlafen. Sie vertröstete Lilli und Rike, die wissen wollten, was los sei, auf den nächsten Tag. Dann trottete sie die Stufen hoch, ging in das Zimmer, das Rike für sie vorbereitet hatte, und stellte ihre Tasche ab. Sie schaltete ihr Handy auf Flugmodus, schlüpfte in ihr Nachthemd, legte sich ins Bett und zog die Decke über ihren Kopf. Ein paar Tränen schafften es noch, sie wach zu halten. Dann erlöste sie der Schlaf aus ihrer plötzlichen Traurigkeit und schenkte ihr die nötige Ruhe.

Leises Geschirrklappern weckte Mina am nächsten Morgen. Erst wusste sie nicht, wo sie war, doch dann erkannte ihre Nase den vertrauten Geruch des Lindenhofes. Sie streckte sich, stand auf, hüllte sich in ihre leichte rosafarbene Strickjacke und tapste wie eine junge Frau, die das erste Mal Liebeskummer hatte, die Treppen hinunter. Obwohl? Nein, es fühlte sich anders an, sanfter und weniger dramatisch.

In der Küche bereiteten Rike und Lilli ein geradezu fürstliches Frühstück zu: mit Rührei, frisch gebackenen Brötchen, selbst gemachtem Pflaumenmus, Gemüsesticks und Obstsalat mit Zimt und Zucker. Auf dem Tisch stand ein schöner Strauß Dahlien und Astern aus dem Garten und daneben eine große Kanne mit Rikes Spezialtee. Die beiden Frauen hielten inne, drehten sich gleichzeitig um, als sie Mina wahrnahmen, und schauten sie neugierig an. Ohne Worte ging Mina auf sie zu und zog sie in eine große Umarmung.

»Guten Morgen«, sagte Rike in das geborgene Miteinander hinein.

Und Lilli ergänzte keck: »Hey, Mama, du hier? Damit hatten wir nicht so schnell gerechnet.« Mina grinste schief, obwohl ihr nicht danach zumute war. Sie liebte die frische Art von Lilli. Und die ließ auch nicht so schnell locker: »Also, Mama, du setzt dich jetzt hin, isst und trinkst, und dann erzählst du uns, was los ist.«

Nun schmunzelte auch Rike. Lilli hatte viel von Arunas handfester, herzlicher Art, und Mina wusste, dass ihre Tante es genauso genoss wie sie selbst, Lilli dabei zu beobachten, wie sie sich zu einer starken, naturverbundenen Frau entwickelte, die klar ihren Weg ging und ihr Herz auf der Zunge trug.

Mina setzte sich, nahm einen Schluck Tee und biss ein paarmal in eine Brötchenhälfte mit frischem Pflaumenmus, bevor sie mit einer Frage begann:

»Habt ihr mitbekommen, wie Emily gestern reagiert hat, als ich dich vorgestellt habe, Lilli?«

»Ja, das war seltsam«, sagte Lilli.

Rike hingegen schüttelte den Kopf und fragte: »Nein, was war denn?«

»Sie hat nachgefragt, ob du meine Tochter bist, Lilli. Und sie wirkte überrascht und irritiert. Ich habe mir erst nicht viel dabei gedacht, aber irgendetwas war komisch. Auch schon vorher, in manchen Gesprächen mit Valentin über seine Familie. Ich wusste nie genau, was. Jetzt weiß ich es.« Und dann erzählte Mina die ganze Geschichte.

Lilli und Rike hörten aufmerksam zu. Als Mina fertig war, versuchten sie, sie aufzubauen, und bestärkten sie darin, ihr Handy wieder anzustellen und Valentin eine Chance zu geben, sie zu erreichen. Er hatte sich Mina zwar spät anvertraut, aber er hatte sich ihr gezeigt. Ohne dass Mina nachfragen musste. Der Tod seines ungeborenen Kindes, die Trennung von seiner damaligen Partnerin und die Wünsche seiner Mutter schienen für ihn ein Thema zu sein, das ihn stark forderte und er für sich noch nicht gelöst hatte. Wahrscheinlich hatte er Mina damit nicht belasten wollen und auch selbst kaum Raum gehabt, sich damit näher zu beschäftigen bei allem, was seit seiner Heimkehr geschehen war: die Übernahme des Elternhauses, die zugelaufene Hündin, die Eröffnung des Yogastudios, der Einzug von Mina und ihre zarten Liebesbande.

Während ihre Tochter und ihre Tante ein Gespräch über die Ernte begannen, um ihr Raum zum Überlegen zu geben, sah Mina sich in der Küche des Lindenhofes um und lauschte ihnen mit einem Ohr. Dankbar für das geborgene Miteinander in ihrer so weiblich geprägten kleinen Familie, schöpfte sie den Mut, ihr Handy anzuschalten.

Valentin hatte ihr eine Nachricht geschickt:

> Mina, danke, dass du mir zugehört hast. Es tut mir leid, dass ich dir all das nicht früher erzählt habe, aber ich konnte nicht. Ich freue mich, wenn du wieder nach Hause kommst!

Seine Zeilen rührten Mina zu Tränen, andererseits schmerzte ihr Herz noch immer.

Nach Hause, wie schön das klang. Und gleichzeitig unwirklich. Sie gab ihrem Herzen einen Stups und schrieb:

> Danke, Valentin. Ich bringe Lilli heute Mittag zum Bahnhof, und dann mache ich mich auf den Weg zur Villa Sonnenschein.

Nach dem Mittagessen verabschiedeten sich Lilli und Mina von Rike. Mina fuhr Lilli zum Bahnhof, wo ihre Tochter ihr fest in die Augen schaute, ihr zuzwinkerte und sagte: »Sorge gut für dich, Mama. Dein Jahr hat es echt in sich.«

Worte, die mitten in Minas Herz flossen. Als sie sich zum Abschied umarmten, hätte Mina ihre Tochter am liebsten gar nicht wieder losgelassen. Passend zu ihrer Stimmung, regnete es Bindfäden, als Lillis Zug anfuhr und in der Ferne verschwand. Bevor sie sich auf den Weg zur Villa Sonnenschein machte, kaufte Mina beim Bäcker noch etwas Nervennahrung für Valentin und sich selbst.

Als sie auf die Einfahrt fuhr, kam Valentin mit Aruna gerade von einem Spaziergang zurück. Mina stieg aus dem Auto, und Aruna kam, durchnässt wie sie war, auf sie zugelaufen und drückte sich an sie. Minas Hose war von jetzt auf gleich klitschnass. Valentin folgte seiner Hündin, seine Augen begegneten Minas, und dann nahm er sie schweigend in den Arm. Wie am Tag des Einzugs. Nur nicht so nervös.

Es war ein vertrautes Gefühl, und Valentins Wunsch, es wiedergutzumachen, erreichte auch ohne Worte Minas Herz, das dennoch etwas auf Abstand blieb.

»Ich habe uns Kuchen mitgebracht«, sagte sie und lächelte ihn zögernd an. »In einer halben Stunde bei mir zum Tee?«

»Ja, gerne«, antwortete Valentin.

Mina ging die Stufen zu ihrer Wohnung hinauf, ließ die Farben der bunten Fenster im Treppenhaus an sich vorbeiziehen, öffnete die Tür zu ihrem Reich in der Villa Sonnenschein, zog sich eine trockene Kuschelhose an und ließ sich auf ihren neuen Lieblingssessel fallen.

»Uff, geschafft. Nun bin ich wieder hier. Zu Hause …«, murmelte sie. Dann schloss sie für fünf Minuten die Augen und atmete tief durch, bevor sie aufstand, ihre Tasche auspackte und den Wasserkocher anschaltete. Sie stellte im Wohnzimmer alles bereit und entschied sich, eine Kerze anzuzünden. Eine kleine, wärmende Flamme, an der sich Valentin und sie ihrer Situation stellen konnten.

Doch als Valentin bei ihr klopfte, war Mina nicht mehr nach Reden. Plötzlich war sie es, die auswich, als Valentin versuchte, die Situation gemeinsam zu reflektieren. Als er spürte, dass sie dazu nicht bereit war, wechselte er das Thema, auch wenn er etwas enttäuscht wirkte. Sie aßen den Kuchen, sprachen über die kommende Woche und kuschelten sich bei leiser Mantramusik auf Minas Couch zusammen.

TIEFBLAU

So, wie der Sommer ausklang, hatte sich seit dem kleinen Familienfest auch Minas Lebensfreude zurückgezogen. Sie war oft müde, konzentrierte sich mehr als sonst in den letzten Wochen auf ihre Arbeit und ging weniger in den Wald. Auch weil es abends früher dunkel wurde. Noch nie zuvor hatte sie so bewusst wahrgenommen, wie eng ihre täglichen Abläufe tatsächlich mit den Jahreszeiten verknüpft waren. Valentin und Mina sprachen viel über ihr alltägliches Tun. Aber ein Gespräch, das an den Abend nach dem Sommerfest am Feuer anknüpfte, kam nicht zustande. Stattdessen zog der Herbst ins Land, es wurde kühler, immer öfter fegte ein frischer Wind durch die Bäume, deren Blätter sich bunt und bunter färbten, und blies die Reste des Sommers davon.

Und dann kam sie – die Pause, die Minas Seele sich wohl schon so lange gewünscht hatte, dass sie jetzt ihren Körper vorschickte, damit Mina endlich einmal wieder richtig zur Ruhe kommen konnte. Sie lag mit einem dicken Infekt im Bett, fieberte, schwitzte, schlief viel und ließ sich von Valentin liebevoll umsorgen. Doch die meiste Zeit war sie allein und wandelte zwischen den Welten und den unterschiedlichen Ebenen ihres Seins hin und her.

Mal war sie wach, weil ihr Körper Bedürfnisse meldete, mal in einem Zustand zwischen Schlafen und Wachen, in dem es sich so anfühlte, als würde sie in pures Bewusstsein eintauchen, sich ausdehnen und alles um sich herum ausblenden. Oft waren keine Gedanken mehr in ihrem Kopf. Ihr Verstand machte Pause. Es war eine Ebene, in der Leere und Fülle gleichzeitig existierten. Ein Ort, an dem alles sein durfte und Heilung möglich war. Entweder war es still, oder es zeigten sich Traumbilder. Im Halbschlaf konnte Mina manchmal ihre Träume mitgestalten – als wäre sie in einem Film Regisseurin und Schauspielerin zugleich. Ab und an streichelten erkenntnisreiche Herzgedanken ihre Seele und sorgten für ein inneres Aufatmen, bevor sie weiterzogen. Obwohl es wertvolle Weisheiten waren, gelang es Mina in ihrem Zustand nicht, sich an sie zu erinnern. Und um sie direkt aufzuschreiben, wenn sie sich zeigten, war ihr Körper zu schwach.

Nach ein paar Tagen, in denen ihr Verstand lahmgelegt gewesen und ihre Seele in Führung gegangen war, wachte sie morgens auf. Irgendetwas fühlte sich neu an. Durch ihre geschlossenen Augen nahm sie wahr, dass draußen die Herbstsonne schien. Und es roch so gut. Nach Rikes Tee! Sie konnte wieder etwas riechen! Mina schlug die Augen auf und entdeckte neben ihrem Bett ein Tablett mit Obstsalat, einem gekochten Ei und dampfendem Tee. Daneben lagen ein tiefblauer Briefumschlag und ein kleiner Zettel, auf den eine Sonne gezeichnet war.

Wieder ein Brief! Noch schwach, richtete sie sich auf, trank einen Schluck Tee und aß etwas Obstsalat. In den letzten Tagen hatte sie unfreiwillig gefastet und sich nur von Tee und Orangen ernährt. Aber jetzt meldete ihr Magen endlich wieder Hunger. Das war für den Moment gerade sogar wichtiger als der Brief!

Doch sobald sie sich gestärkt hatte, wachte auch ihr Verstand wieder auf, eine Frage nach der anderen purzelte durch ihren Kopf: »Wie lange soll das denn mit den Briefen noch so weitergehen?«, »Hat Valentin den Brief geschrieben?«, »Wer steckt denn bloß dahinter?«, und »Kann mein Leben nicht mal wieder normal sein?«. Bei der letzten Frage kicherte Mina leise. Normal? Was war schon normal.

Mina strich mit ihren Fingerspitzen sanft über die Sonne auf dem Zettel. Die war definitiv von Valentin. Dann nahm sie den Brief in die Hand. Nein, der konnte nicht von Valentin sein. Die Schrift war dieselbe wie bei den letzten Briefen. Noch etwas geschwächt, nahm Mina sich Zeit und hielt den Brief eine Weile in den Händen. Er war etwas schwerer und dicker als die anderen Briefe. Mina horchte noch einen Moment in sich hinein und wartete, dass ihr Verstand wieder stiller wurde, bevor sie den Briefumschlag öffnete. Darin steckten ein Briefbogen und ein Bild. Auf dem Bild waren zwei Menschen an einem von Wäldern umgebenen See zu sehen. Es war ein Foto von Mina und ihrer Mutter Ranja.

Mina atmete tief durch und spürte, wie sie unruhig wurde. Sie war mit ihrer Mutter früher immer an denselben Urlaubsort gefahren. Ein Wellnesshotel, an einem großen, ruhigen See gelegen – mitten im Wald. Eigentlich eine schöne Erinnerung, nur hatte sich die Beziehung zwischen Mina und ihrer Mutter seit der Geburt von Lilli immer weiter verkompliziert. Und das war es, was sich nicht gut anfühlte. Mina spürte den Impuls, den Brief beiseitezulegen und wieder zu schlafen. Doch dann überwand sie sich, faltete den Briefbogen auseinander und las:

RUHE

Im Spiegel des Wassers erkennst du dich,
siehst viel mehr als nur dein Gesicht.
In dem Element, das dich durchfließt,
kannst du ergründen, was dich auf die Erde rief.

Liegt dein See dann friedlich da,
erblickst du den Urgrund – leicht und klar.
In diesen Zeiten – ruhig und stille –
zeigt sich dir deiner Seele Wille.

Die Kräfte der Natur, vereint in einem Kuss,
bringen frischen Wind in deinen Lebensfluss.
Und trübt ein Sturm mal deine Sicht,
offenbart sich – in dir – ein leuchtendes Licht.

Rein gewaschen von des Wassers Fluten,
wird dein Herz heilen und nicht länger bluten.
Das wilde Wirbeln wird sich legen,
dir den Blick auf die Quelle freigeben.

Gib dich hin des Wassers Kraft
und erlebe, wie Vertrauen sanfte Ruhe schafft.
Sodann strömt Liebe für dich ein
und schenkt dir sprudelnd klares Sein.

Auch diesen Text kannte sie aus *Die Farben des Lichts* – dem Buch ihrer Kindheit, das sie so gerne wieder einmal in den Händen halten würde und das offenbar eine noch größere Bedeutung für ihr Leben hatte, als ihr bisher bewusst gewesen war. Was bedeutete das alles? War Rike die Briefeschreiberin? Und wenn ja: Was wollte sie ihr damit sagen? Ihre Tante wusste am besten, wie kompliziert Minas Beziehung zu ihrer Mutter war und dass Ranja schon so lange im Ausland weilte. Mina spürte, wie ein seltsames Gefühl in ihr aufstieg. Eines, dem sie gerade keinen Raum geben wollte. Nachdenklich betrachtete sie den Brief und das Foto in ihren Händen und legte sich wieder hin. Es schien Zeit zu werden, sich den Briefen und der Frage, wer sie geschrieben hatte, zu nähern. Aber jetzt noch nicht.

Mina schloss erschöpft die Augen und schlief direkt wieder ein. Sie träumte von dem See, an dem sie mit ihrer Mutter Urlaub gemacht hatte. Er erschien ihr groß, weit, tiefblau und kristallklar – an seinem Ufer gesäumt von imposanten Bäumen, die wie weise Schamanen und Medizinfrauen wirkten. Beides, das ruhige Wasser und die Baumwesen, übten eine unglaubliche Anziehungskraft auf Mina aus und weckten im Traum eine undefinierbare Sehnsucht in ihr. *Im Spiegel des Wassers erkennst du dich, siehst viel mehr als nur dein Gesicht. In der Natur, die dich durchfließt, kannst du ergründen, was dich auf die Erde rief.*

Mit den Zeilen aus dem Brief in Gedanken und der Sehnsucht im Herzen wachte sie auf. War es an der Zeit, Frieden zu schließen, zu vergeben und alten Groll loszulassen? Mina schlug die Augen auf, drehte sich auf die Seite und sah den Brief und das Foto auf dem Boden liegen. Beides war ihr aus der Hand gefallen, als sie eingeschlafen war. Ihr Blick wendete sich nach innen, und eine Botschaft streifte ihr durchs Herz: Das Leben entzieht sich manchmal unserer Kontrolle und fühlt sich nicht immer nur gut an. Und doch können wir darauf vertrauen, dass alles gut ist und wir immer wieder Ruhe im Auge des Sturms finden.

Als ob ich noch nie die Ruhe im Sturm gefunden hätte, schaltete sich ihr Kopf ein, den Mina in den vergangenen Jahren hauptsächlich genutzt hatte, um alles unter einen Hut zu bringen und die Kontrolle über ihr Leben zu behalten. Plötzlich zeigte sich ihr klar, dass sie nach allem, was sie in diesem Jahr erlebt hatte, die Tür zu ihrer inneren Welt nicht mehr würde schließen können, wenn sie ihrem Herzen weiter folgen wollte.

Mina richtete sich auf, trank einen Schluck kalten Tee und aß den Rest des Obstsalats, den Valentin ihr ans Bett gestellt hatte. Mit jedem Bissen kehrte mehr Kraft in sie zurück. Sie hatte es geschafft! Der Infekt zog sich zurück. Und gleichzeitig wuchs die Erkenntnis, dass es nicht nur ihr Körper war, der wieder gesund werden musste: Der eigentliche Heilungsprozess vollzog sich auf ganz anderen Ebenen. Der Infekt war nur ein Teil ihrer Reise zu einem bewussteren Sein und ihrem ureigenen Wesen, das sich – so schien es ihr – in regelmäßigen Zyklen neu ausrichtete.

Als Mina aufstand und noch ganz wackelig auf den Beinen in die Knie ging, um den Brief und das Foto aufzuheben, kam ihr ein Gedanke, der sie selbst überraschte: Ich werde an dem See, wo ich mit meiner Mutter war, meinen Urlaub verbringen und eine

Auszeit nehmen. Ohne Valentin, ohne Rike, ohne Lilli, ohne Arbeit und ohne Termine. Alleinsein. All-Eins-Sein. Heilen. Mina-Zeit.

Sie legte sich wieder ins Bett. In dem Moment klopfte es an ihrer Schlafzimmertür.

»Mina?« Es war Valentin. »Bist du wach?«

»Ja, komm rein«, antwortete Mina und spürte, wie erleichtert und dankbar sie für diesen warmherzigen und fürsorglichen Menschen war. »Danke, dass du mich so gut versorgt hast in den letzten Tagen. Das hat mir gutgetan, auch wenn ich wohl überwiegend in anderen Sphären unterwegs gewesen bin.«

»Ja, du warst in der Tat weit weg, Mina. Zwischendurch war ich unsicher, ob ich dem Prozess vertrauen und dich fiebern lassen kann. Oder ob ich deine Ärztin anrufen sollte. Aber irgendwie fühlte es sich an, als wärst du auf einem guten Weg«, sagte er und fügte hinzu: »Wie geht es dir jetzt?«

»Ich bin über den Berg«, sagte Mina und musste lachen, als ihr bewusst wurde, dass Valentins Nachname »Berg« war.

Auch er musste schmunzeln. »Du wirkst auch ganz anders. Willkommen zurück auf Planet Erde.«

»Wann ist der Brief angekommen? Wie spät ist es? Und welcher Tag ist heute?«, platzte es nun aus Mina heraus. Sie konnte sich nicht daran erinnern, dass sie in den letzten Jahren auch nur einmal nicht gewusst hätte, welcher Tag gerade war.

»Also, der Brief kam gestern an, und heute ist

Sonntag«, sagte Valentin. Er sah auf seine Armbanduhr und fügte hinzu: »Jetzt ist es exakt 12:12 Uhr.«

»Ach nee, mein Geburtstag ist am 12.12.! Das ist gar nicht mehr lange hin! Wenn das nicht ein gutes Zeichen ist, dann weiß ich auch nicht. Den feiern wir dieses Jahr auf dem Lindenhof. Was meinst du, Valentin?«

»Können wir machen«, antwortete er, öffnete das Fenster und ging zurück zu Minas Bett, schob das Tablett beiseite, warf einen Blick auf den Brief und das Foto und schlüpfte zu ihr unter die Decke. Sie schmiegten sich aneinander, genossen den vertrauten Körperkontakt und schwiegen eine Weile.

»Du, Valentin?«

»Ja, Mina?«

»Ich habe doch demnächst Urlaub. Der Brief und das Foto haben mich an einen Urlaubsort aus meiner Kindheit erinnert …«

Sie hielt inne und schüttelte fast unmerklich den Kopf. Wie konnte das sein? Sie hatte mit Valentin noch nie über die Beziehung zu ihrer Mutter gesprochen.

Jetzt dämmerte ihr, warum es ihr unangenehm gewesen war, mit ihm nach dem Sommerfest tiefer gehend über seine Familiengeschichte zu sprechen.

Sie räusperte sich. »Also … Ich würde gerne wieder in dieses Hotel fahren. Allein. Ich glaube, die Zeit wird mir guttun. Und es gibt da noch etwas. Mir ist gerade bewusst geworden, dass du nicht der Einzige bist, der nicht alles von seiner Familie erzählt hat. Wir haben da wohl beide ein Thema mit unseren Müttern. Die Frau auf dem Foto. Das ist meine Mutter Ranja. Ich denke, dass ich dir nach meiner Auszeit mehr über sie erzählen werde. In Ordnung?« Erleichtert darüber, dass sie Worte für das gefunden hatte, was sie bewegte, wartete sie auf Valentins Antwort.

Valentin ließ sich etwas Zeit, bevor er sagte: »Na, da hat sich aber viel bewegt bei dir mit dem Infekt und dem neuen Brief.«

Mina nahm den leicht überlegenen Ton in seiner Stimme wohl wahr und hätte am liebsten laut »Männer!« gesagt. Stattdessen knuffte sie Valentin in die Seite.

Da fügte er hinzu: »Klar ist das in Ordnung. Danke für deine Offenheit. Wir lassen uns einfach immer wieder voneinander überraschen, okay?«

Valentins Worte lösten in Mina ein Glücksgefühl aus, das sie darin bestätigte, warum sie ihn als ihren männlichen Spiegel und Begleiter gewählt hatte. Und wenn sie schon wieder völlig gesund gewesen wäre, hätte sie mit einem Kuss geantwortet. Stattdessen ließ sie sanft ihre Finger über Valentins Arm gleiten, seufzte zufrieden und kuschelte sich noch näher an ihn, was ihm ein wohliges Brummen entlockte.

An Minas Reisetag lag eine transformative Stimmung in der Luft. Schon in den letzten Tagen hatte sie gespürt, dass Valentins maskuline Seite sich ausdehnte, genauso, wie sie ihre weiblichen Anteile freier fließen lassen konnte. Überraschend impulsiv nahm er zum Abschied ihre Hände in seine. Sein Blick war sanft, kraftvoll und klar zugleich und landete – mal wieder – direkt in ihrer Seele. Währenddessen löste der herbstliche Wind die Blätter von den Ästen und begleitete Valentins Gesten mit einem fröhlichen Farbenspiel in der tief stehenden, leuchtenden Morgensonne. Am Himmel zogen Kraniche gen Süden. Ihr Flug und ihr Ruf kündigten an, dass es bald kälter werden würde. Aber das machte Mina und Valentin nichts aus. Es war, als ob der Herbst ihre Herzen entflammte und alle Farben des Lebens sichtbar werden ließe.

»Mina, ich wollte dir das schon sagen, als du nach dem Sommerfest vom Lindenhof wiedergekommen bist …« Valentin zögerte kurz. Dann sprach er weiter: »Ich spüre, dass du keine weiteren Kinder haben möchtest. Und das ist in Ordnung für mich. Du hast eine wunderbare Tochter großgezogen, und wir haben diese goldige Hündin an unserer Seite. Für mich würde es sich nicht richtig anfühlen, wenn du noch einmal von vorne anfängst. Und mir ist auch klar geworden, dass es für mich schon lange in Ordnung ist, dass ich keine weiteren Kinder haben werde. In diesem Leben darf ich stattdessen für immer die Erinnerung an mein kleines Mädchen in meinem Herzen tragen. Und wenn Lilli das möchte, bin ich auch für sie da. Meine Mutter wird sich damit abfinden müssen, dass sie keine Enkelkinder mehr bekommen wird.«

Mina hörte ihm gebannt zu. Ihr Herz war bei jedem Satz leichter geworden, zugleich war sie so verdattert, dass sie gar nichts sagen konnte. Es hatte einen Moment in den letzten Wochen gegeben, in dem sie darüber nachgedacht hatte, ob Valentins Wunsch nach einem gemeinsamen Kind ein Problem werden könnte. Das hatte sie so sehr verunsichert, dass sie den Gedanken direkt in die Tiefen ihres Seins verdrängt hatte. Und nun machte Valentin ihr dieses Geschenk!

Mina umarmte ihn lange. Dann nahm Valentin Minas Gesicht sanft in seine Hände, seine Lippen berührten ihre. Er küsste sie entschlossen und zärtlich zugleich. Sie schmiegte sich an ihn und genoss die sanfte und zugleich klare Kraft, die von ihm ausging. In der Vergangenheit hatte die männliche Energie sie schnell unter Druck gesetzt, zuweilen sogar gestresst. Ebenso wie das Gefühl, die vielen Erwartungen, die mit dem Frausein verknüpft waren, erfüllen zu müssen. Nun konnte sie endlich loslassen, sich sanft und stark zugleich in diesen urweiblichen Raum hineinsinken lassen und sich vertrauensvoll hingeben. Nachdem sie so lange als alleinerziehende Mutter auch »ihren Mann« gestanden hatte, um für Lilli sorgen zu können, war sie mitten in ihrem neuen Kapitel angekommen. Mit diesem Gedanken löste Mina sich aus Valentins Umarmung und gab ihm noch einen kurzen Kuss, bevor sie mit leichtem Gepäck zum Bus lief, der sie zum Bahnhof brachte.

Was für ein Neubeginn! Tief verbunden und gleichzeitig frei.

HERBSTLEUCHTEN

Auf der Zugfahrt zog die kunterbunte, leuchtende Herbstlandschaft an Mina vorbei. Sie genoss es, aus dem Fenster zu schauen und einfach zu sein. Am Zielbahnhof wurde sie von dem Shuttleservice des Hotels abgeholt. Sie erinnerte sich an viel mehr, als sie gedacht hatte – und so verbanden sich alte Erinnerungen mit neuen Eindrücken.

Als sie die alte Treppe zum Eingang des Hotels hochging, sah sie sich vor ihrem inneren Auge mit ihrer Mutter in die Halle des großzügigen historischen Gebäudes treten. Dann öffnete sie die Tür und staunte. Das Hotel hatte ein komplett neues Konzept, alles sah anders aus. Es war ein wunderschönes Ambiente mit vielen Naturmaterialien. Alles war puristisch und klar in warmen Farbtönen eingerichtet, und schon der Eingangsbereich hatte eine so einladende Atmosphäre, dass sie sich sogar vorstellen konnte, hier zu meditieren. Damit hatte sie nicht gerechnet. Sie hatte nur schnell über ein Buchungsportal ein Zimmer reserviert, ohne sich alles genauer anzuschauen.

Mina schmunzelte. Auch das wäre ihr früher nie passiert. Da hätte sie sich alles genaustens angeschaut, bevor sie sich entschieden hätte, statt »nur« ihrer inneren Stimme zu folgen. Und nun belohnte ihr Vertrauen sie mit einer so schönen Überraschung.

An den ersten Tagen ihrer Urlaubswoche zeigte sich der Herbst von seiner goldenen Seite. Und so rief es Mina hinaus ins Reich der Natur statt in den Wellnessbereich des Hotels. Sie genoss es sehr, dass der weitläufige Park mit seinen alten Bäumen einen eigenen Zugang zum See hatte. Ein Steg bot viel Platz, um sich hinzusetzen, die Beine baumeln zu lassen und den Blick auf den See zu genießen. Im Park gab es verschiedene Sitzgelegenheiten, die sich harmonisch in die Landschaft einpassten.

An diesem Morgen saß Mina auf einer Bank unter einer Weide dicht am See. Die Sonne strahlte vom klaren Himmel, und es war ungewöhnlich warm und windstill. Das Wasser war so glatt, dass sich die Bäume darin in ihrer ganzen Farbenpracht spiegelten. In der Mitte des Sees stieg ein leichter Nebel auf. Minas Augen schweiften behutsam durch die Schönheit der Natur. Sie wurde innerlich immer ruhiger und ruhiger. Bis sie spürte, wie der innere Frieden, der in diesem Jahr wieder und wieder – oft unangekündigt und kurz – in ihr eingekehrt war, sich tief in ihr Herz pflanzte.

Was hatte im blauen Brief gestanden? *Liegt dein See dann friedlich da, erblickst du den Urgrund – leicht und klar. In diesen Zeiten – ruhig und stille – zeigt sich dir deiner Seele Wille.*

Meiner Seele Wille. Meiner Seele Wille. Meiner Seele Wille, rezitierte Mina die Worte in ihrem Inneren. Sie war ganz bei sich, während sie sich selbst beobachtete. Ihr Atem floss ruhig. Und obwohl ihr bewusst war, dass es viele ungelöste Fragen, Themen und Beziehungen in ihrem Leben gab, fühlte sie tiefen Frieden.

War das Liebe? Den Frieden – immer wieder – zuerst in sich selbst zu finden? Und dann aus dieser Haltung heraus in die Welt zu wirken, mit anderen Menschen zu sein und sich gemeinsam aus dem inneren Frieden heraus in Liebe zu entwickeln? Mina öffnete ihr Notizbuch und war dankbar, dass diese Worte so beständig in ihr widerhallten, dass sie sie aufschreiben und bewahren konnte.

Als sie den Blick wieder hob, bemerkte sie, wie sich eine ältere Dame im Bademantel dem Steg näherte. Obwohl es für die Jahreszeit warm war, fand Mina es definitiv zu kalt, um schwimmen zu gehen. Fasziniert beobachtete sie, wie die Frau ihren Bademantel auszog und dann auf der Treppe vom Steg völlig routiniert eine Stufe nach der anderen tiefer ins Wasser stieg. Sie juchzte kurz, schwamm mit ein paar kräftigen Schwimmzügen ein paar Minuten auf und ab und dann zurück zur Treppe. Als sie wieder auf dem Steg war, schlüpfte sie energiegeladen in ihren Bademantel und strahlte über das ganze Gesicht. Dann entdeckte sie Mina unter der Weide.

»Guten Morgen!«, rief sie. »Es ist herrlich im Wasser! Ich fühle mich jeden Morgen wie neugeboren. Kann ich nur empfehlen. Genießen Sie Ihre Zeit hier!« Sie winkte kurz und ging dann zügig in Richtung Hotel.

Der blaue Brief war in Minas Notizbuch mit in den Urlaub gereist. Nun nahm sie ihn heraus, faltete ihn auseinander und las die letzte Strophe des Textes:

Gib dich hin des Wassers Kraft und erlebe, wie Vertrauen sanfte Ruhe schafft. Sodann strömt Liebe für dich ein und schenkt dir sprudelnd klares Sein.

Mina lächelte. Ja, die Briefe waren mit ihrem Leben verwoben. Als würden sie ihr mit jedem Gedicht neue, bereichernde Lebensmomente schenken. Sie erhob sich von der Bank und trat aus dem grünen Schatten der Weide heraus. Sie wandte sich der Sonne zu, schloss die Augen, legte die Hände vor ihrer Brust zusammen und verneigte sich wie beim Yoga. Und dann murmelte sie intuitiv: »Danke für das Licht dieses Jahres!«

Wenig später ging Mina zum Frühstück. Dort erkannte sie die Frau vom Steg wieder und fragte spontan, ob sie sich zur ihr setzen könne. Mina und Hilde, wie die ältere Dame hieß, führten ein schönes Gespräch – mit dem Ergebnis, dass Mina für den nächsten Morgen eine Verabredung zum Schwimmen im

See hatte. Ihr wurde jetzt schon kalt bei dem Gedanken. Aber der tiefblaue Brief motivierte sie, und bei einer so erfahrenen Ganzjahresschwimmerin war sie in den besten Händen. Ja, sie freute sich sogar auf die neue Erfahrung.

Als Mina am nächsten Morgen aufwachte, war es draußen unruhiger als am Vortag. Die Sonne war nicht zu sehen, und der Wind pfiff durch die Bäume.

Na toll, dachte sie. Und jetzt? Mina war sich unsicher, ob die Verabredung mit Hilde zum Schwimmen unter diesen Umständen noch stand.

Wie schnell der innere Frieden doch wieder weichen konnte. Gestern war alles noch so klar gewesen. Und jetzt zerrte nicht nur der Wind an den Bäumen und wirbelte das Wasser des Sees auf. Auch in Mina war es stürmisch. Sie entschied sich, trotz des Wetters die Verabredung mit Hilde einzuhalten, zog ihren Badeanzug und den Bademantel an, trat mutig auf den Flur und ging hinunter zur Tür in Richtung Park, wo Hilde bereits schmunzelnd auf sie wartete.

»Na, da hast du dir aber ein spannendes erstes Mal ausgesucht«, sagte sie. »Also los.«

Mina hatte insgeheim gehofft, dass Hilde sie wieder auf ihr Zimmer schicken und sie sich dann gemütlich zum Frühstück treffen würden. Aber da hatte sie sich wohl getäuscht.

Hilde zog sich die Badeschuhe aus. Dann nahm sie einen großen Stein aus der Begrenzung des Pfades zum See, drückte ihn Mina in die Hand und nahm sich selbst auch einen. Barfuß stapfte sie entschlossen durch den starken Herbstwind. Mina tat es ihr gleich und folgte ihr.

»Was mache ich hier eigentlich gerade?«, fragte sie in den Wind hinein, und Hilde antwortete, obwohl sie es eigentlich gar nicht gehört haben konnte:

»Du machst eine neue Erfahrung, verbindest dich mit den Elementen und tust etwas Großartiges für deine Gesundheit.«

»Okay, klingt gut. Dann kann ja nichts mehr schiefgehen!«, rief Mina durch den Wind nach vorne zu Hilde.

Angekommen am Steg, machte Mina es genau so, wie Hilde es ihr gestern beim Frühstück erzählt hatte. Sie traf die Entscheidung, ins Wasser zu gehen, bevor sie den ersten Fuß ins kalte Nass setzte. Dann zog sie den Bademantel aus und legte, wie sie es bei Hilde gesehen hatte, den Stein obendrauf, damit der Wind ihn nicht wegwehte. Und dann traute sie sich und tauchte Stufe für Stufe ins Wasser ein: Erst juchzte sie laut, und ihr blieb kurz die Luft weg, bevor sie wieder ruhig atmen konnte. Dann spürte sie, wie ihr beim Schwimmen von innen heraus in dem aufgewühlten See plötzlich unglaublich warm wurde, während die Kälte des Wassers von außen an ihrer Haut prickelte.

Nach ein paar Zügen schwamm Mina zurück zum Steg und mummelte sich in ihren Bademantel ein. Sie war erfüllt von Glücksgefühlen, spürte eine unglaubliche Energie und fühlte sich so kraftvoll wie schon lange nicht mehr, obwohl ihr Körper ordentlich zu tun hatte mit dem gleichzeitigen Gefühl von Wärme im Inneren und dem kalten Außen.

»Na? Wie war's?«, fragte Hilde lächelnd.

»Unglaublich!«

»Komm, wir gehen wieder ins Haus, warm duschen, und dann können wir gerne wieder gemeinsam frühstücken.«

»Ja, so machen wir das«, sagte Mina und grinste mit Hilde um die Wette.

Beim Duschen flogen Mina unzählige Gedanken durch Kopf und Herz. Ein Impuls nach dem anderen erreichte sie. Sie war hoch energetisiert und voller Tatendrang. Nachher würde sie Valentin und Lilli anrufen, obwohl sie ja eigentlich allein sein wollte. Rike würde sie fragen, was sie sich zum Geburtstag wünschte. Und sie wollte ihre Geburtstagsfeier auf dem Lindenhof planen. Mit Ranja – auch wenn sie nicht wusste, ob ihre Mutter dann schon wieder da sein würde.

Als sich ein paar einzelne Gedanken an ihre Arbeit zeigten, merkte sie, wie ihre Energie plötzlich absackte. Also fokussierte sie sich wieder auf das, was da gerade in ihr so leuchtete und sprudelte.

Noch einmal nahm sie den Brief zur Hand und las:

Die Kräfte der Natur, vereint in einem Kuss, bringen frischen Wind in deinen Lebensfluss. Trübt dann ein Sturm mal deine Sicht, offenbart sich – in dir – ein leuchtendes Licht.

Ja, so war es, Wind und Wasser hatten sich geküsst, sie war in den unruhigen, kalten See gestiegen, hatte auf dem Hin- und Rückweg die Erde unter ihren Füßen und einen Sturm der Aufregung in sich gespürt. Anschließend hatte sich ihre innere Wärme wie ein energetisierendes, lichtes Feuer auf ihr ganzes Sein ausgebreitet.

Mit einem Lächeln ging Mina zum Frühstück. Anschließend verabschiedete sich Hilde, denn ihr Urlaub war zu Ende. Was für eine merk-würdige Begegnung, dachte Mina, als sie sich bei Hilde bedankte und ihr alles Liebe für ihren weiteren Weg wünschte.

Während draußen der morgendliche Wind zu einem Sturm heranwuchs, meldete sich Mina erst bei Lilli, Valentin und Rike. Danach entschied sie sich für die Sauna, wo sie alles rausschwitzte, was nicht mehr zu ihr gehörte. In den Pausen ließ sie in der warmen Atmosphäre des Ruheraumes mit bodentiefen Fenstern zum See alles noch einmal Revue passieren, was sich in diesem Jahr gezeigt hatte. Immer wieder schrieb sie den einen oder anderen Gedanken in ihr Notizbuch. Ja, sie hatte wahrhaftig in einen schönen, neuen Rhythmus gefunden.

Mina beendete eine kleine Zeichnung und legte gerade ihr Notizbuch beiseite, als ihr ihre To-do-Listen einfielen. Der Druck, den sie sich früher mit ihnen gemacht hatte, war aus ihrem Leben mehr und mehr gewichen. Das, was wirklich wichtig war, fand inzwischen einfacher und leichter seinen Weg. Wenn sich Fragen und Aufgaben zeigten, nahm sie sich Zeit für einen groben Überblick – zuweilen schrieb sie auch jetzt noch alles auf. Doch dann ließ sie es wieder los, um wahrnehmen zu können, was sich ihr intuitiv zeigte und was sich wann in ihr Leben einweben wollte. Die Angst, nicht alles zu schaffen, hatte sich nach und nach in das Vertrauen gewandelt, dass alles, was Wirklichkeit werden sollte, in ihrem Leben Raum finden würde.

Seit einigen Monaten tat Mina die Dinge immer öfter dann, wenn sie sich leicht anfühlten, sich zeigten und »einfach dran waren«. Und nicht dann, wenn sie dachte, sie tun zu müssen, ihre Energie aber in eine ganz andere Richtung fließen wollte.

An ihrem letzten Urlaubstag saß Mina nach ihrem nun täglichen Morgenbad im See auf dem Steg und genoss die warme Herbstsonne, als urplötzlich Unruhe in ihr aufstieg. Intuitiv schloss sie die Augen, atmete tief ein und aus und stellt sich innerlich die Frage, was ihr diese Empfindung sagen wollte.

Die Antwort kam prompt: *Es ist deine Arbeit.*

Fünf ganze Tage jede Woche mit viel Verantwortung. Eine Verantwortung, die sie einmal gewollt hatte, die mit ihrem neuen Ich aber nicht mehr gut zusammenpasste. Auch wenn Minas Entwicklung ihren Alltag im Job bereits verändert hatte und sie, zum Erstaunen ihres Chefs, schon seit ein paar Wochen konsequent keine Überstunden mehr machte, musste sie sich eingestehen, dass das auf Dauer keine Lösung war, die beide Seiten zufriedenstellte.

Mina wünschte sich mehr Zeit für das, was nun in ihrem Leben dran war. Sie war nicht mehr allein, lebte mit Valentin an ihrer Seite und fühlte sich nach wie vor Rike und dem Lindenhof sehr verbunden. Für sich selbst sehnte sie sich nach mehr Raum für Kreativität und Zeit in der Natur. Das tat ihr gut, und das wollte sie nicht nur in einem entspannten Urlaub wie hier am See erleben, wo endlich einmal Zeit war, alles zu reflektieren, was sich in ihrem Leben verändert hatte, und stille Räume entstanden, in denen sie ihrer inneren Weisheit lauschen und die Kraft der Natur so bewusst genießen konnte. Solche Zeiten des Rückzugs wollte sie auch immer mal wieder in ihren Alltag integrieren können.

Mina nahm sich vor, mit ihrem Chef gleich nach dem Urlaub nach einer Lösung zu suchen. So klar sich das innere Bild auch zeigte – ihr war auch etwas mulmig zumute. Ob ihr Job in Teilzeit gelingen konnte und sie mit weniger Geld gut klarkam? Mina lächelte ihrem zweifelnden Verstand zu, legte ihre Hände auf ihr Herz, atmete ruhig und machte Platz für eine andere Sicht auf die Situation – voller Vertrauen und Lösungsenergie. Laut sagte sie zu sich selbst: »Am besten probierst du es aus. Es könnte gut werden!«

Mina grinste, das waren wohl noch die Nachwirkungen ihrer Kaltwassererfahrung. Ihr Blick fiel auf den Briefbogen, den sie auch heute mit zum See genommen hatte, und sie las den vorletzten Vers:

Rein gewaschen von des Wassers Fluten, wird dein Herz heilen und nicht länger bluten. Das wilde Wirbeln wird sich legen, dir den Blick auf die Quelle freigeben.

Nein, sie brauchte nicht immer neue Dramen. Das Leben durfte sich gut anfühlen, auch wenn es gerade mal schwer war oder sich immer wieder neue Aufgaben zeigten. Um genau diese neue Leichtigkeit zu kultivieren, wünschte sie sich weniger durchgetaktete Arbeitstage und mehr Zeit für inneren Frieden und kreative Entfaltung.

Mit diesen Gedanken schloss sich Minas Urlaubskapitel, in dem es viel weniger um die Beziehung zwischen ihr und ihrer Mutter gegangen war, als sie erwartet hatte, sondern vielmehr um sie selbst. Aber vielleicht war es sogar möglich, dass sich auch in Bezug auf sie und ihre Mutter eine neue Tür öffnete?

Ranja war nun schon fast ein Jahr im Sabbatical. Wenn sich in Minas Leben in einem Jahr so vieles verändern konnte, warum dann nicht auch im Leben ihrer Mutter?

ERDFARBEN

Am Tag ihrer Rückreise war es merklich kühler. Als Mina morgens die Fenster öffnete und in den Park schaute, bildete das schräg fallende Licht in der feuchten Luft einzelne Strahlen zwischen den Bäumen aus. Die Morgensonne offenbarte, dass es den ersten Frost gegeben hatte. Hier und da glitzerten Eiskristalle im Moos unter den Bäumen, und über dem See lag Nebel. Ein wunderschönes Bild, das Mina an den Tag der Beisetzung ihrer Oma erinnerte. Sie ließ ein paar Erinnerungen an Aruna auflodern und beschloss, bald wieder mit Rike zum Friedwald zu fahren. Dann packte sie ihre Sachen, genoss noch einmal das leckere Frühstück im Hotel und nahm Abschied von einer Woche, in der sich Vergangenheit, Gegenwart und Zukunft auf eine erfrischend unaufgeregte Art miteinander verbunden hatten.

Zurück in der Villa Sonnenschein, saß Mina mit ihrem Liebsten am Tisch und genoss es, wieder zu Hause zu sein. Valentin hatte selbst gemachte Pizza mit Pilzen aus dem Garten gebacken, Kerzen erleuchteten den schön gedeckten Tisch. Als sich beide satt gegessen hatten, kochte Mina Teewasser, streichelte Aruna, die seit ihrer Rückkehr nicht von ihrer Seite wich, und überlegte, wo sie mit ihrer Familiengeschichte beginnen sollte. Sie goss den Tee auf, stellte die beiden Becher und eine kleine Schüssel für die Teebeutel auf den Tisch und setzte sich wieder zu Valentin. Fast fühlte es sich an wie beim ersten Mal, als sie ihm von den Briefen erzählt hatte.

Valentin spürte, dass sie reden wollte, und schaute sie erwartungsvoll an, bis Mina ihr Schweigen brach:

»Solange ich denken kann, sind wir eine Familie, in der die Frauen die Hauptrolle spielen. Arunas Mann, mein Opa Richard, ist früh gestorben. Aruna wollte danach allein bleiben, obwohl sie genug Gelegenheiten gehabt hätte, wieder zu heiraten. Meine Mutter Ranja und ihre jüngere Schwester Rike sind grundverschieden. Rike ist eine zurückhaltende, erdverbundene, weise Frau mit einem warmen Herzen. Sie redet nicht viel, aber wenn, dann hat man das Gefühl, dass sie ganz genau weiß, worüber sie spricht und was in ihrem Gegenüber vorgeht oder dieses gerade braucht. Sie war nie verheiratet, hat keine eigenen Kinder und war für mich wie eine zweite Mutter.

Ranja ist das komplette Gegenteil. Sie hat studiert, früh Karriere in der Wirtschaft gemacht, ein Unternehmen gegründet, das ihr noch immer gehört, und mich allein mit der Hilfe von Au-pair-Mädchen großgezogen. Ich kenne meine Mutter nur durchgetaktet. Es ist immer ein bisschen so, als hätte sie eine Maske auf und würde sich hinter ihrer Arbeit verstecken. Mit den Jahren ist sie immer mehr verhärtet. Wer mein Vater ist, weiß ich nicht. Es gibt bei uns in der Familie Themen, über die wurde einfach nie gesprochen. Und wenn ich doch einmal versucht habe, die Familiengeheimnisse zu lüften, habe ich auf Granit gebissen. Es war kein Rankommen an meine Ahninnen.

Ranja konnte ich es sowieso nie wirklich recht machen. Und als ich dann während des Studiums mit Lilli schwanger wurde und Lillis Vater vor der Verantwortung floh, setzte sich die Geschichte fort …«

Mina seufzte tief, bevor sie leise weitererzählte: »Lilli hat ihren Vater bis heute nicht kennengelernt. Ich habe keinen Kontakt mehr zu ihm. Auch die Beziehung zwischen mir und meiner Mutter ist mit den Jahren immer schwieriger geworden. Ich habe nach dem Studium zuerst in ihrem Unternehmen mitgearbeitet. Seit ich ausgestiegen bin, um meinen eigenen Weg zu finden, haben wir selten Kontakt. Es fühlt sich an, als läge eine tiefe Schlucht zwischen uns, über die nur eine wackelige Hängebrücke führt. Dass diese Brücke jederzeit reißen könnte, wenn man versucht, sie zu überqueren, hat alles nur noch schlimmer gemacht.

Seit Ende letzten Jahres ist Ranja an einem uns unbekannten Ort. Sie nimmt sich eine Auszeit – von der Arbeit und von uns allen. Niemand von uns kann sie erreichen. Deswegen war sie auch nicht bei Arunas Beerdigung. Als Lilli damals bei den Vorbereitungen gefragt hat, ob Ranja auch käme, habe ich sie genauso auf Granit beißen lassen, wie ich das damals bei meiner Mutter erlebt habe. Puh.«

Mina war etwas in sich zusammengesackt und hatte Tränen in den Augen. Valentin stand auf, stellte sich hinter sie, legte sanft seine Hände auf ihre Schultern und richtete ihren Körper langsam wieder auf.

»Danke, dass du mir das alles anvertraust«, begann er. »Du hast ein starkes Herz. Lass es leuchten. Du bist auf einem so guten Weg.«

Mina schluchzte, stand auf, drehte sich zu Valentin, der sie in seine Arme nahm und ihr sanft über die Haare streichelte. Mina wurde sofort ruhiger und sagte leise und zutiefst erfüllt: »Danke!«

»Mina«, sagte Valentin nach einer Weile. »Ich habe für dich die Post rausgenommen, als du weg warst. Und ich bin mir sicher, dass du oben etwas finden wirst, was dich aufmuntert oder dir wahrscheinlich wieder genau den Impuls geben wird, den du jetzt brauchst.«

»Noch ein Brief?«

Valentin nickte.

Mina gab ihm einen Kuss und ging hoch in ihre Wohnung. Sie fand einen erdfarbenen Umschlag neben einem Stapel Post auf dem Wohnzimmertisch. Na, das passt ja. Jetzt geht es wohl an die Wurzeln, dachte Mina. Sie packte erst einmal ihre Sachen aus, stellte eine Waschmaschine an und machte es sich dann mit Kerzenschein gemütlich, bevor sie sich seltsamerweise mit einem etwas widerwilligen Gefühl dem Brief zuwandte.

URSPRUNG

Das Geheimnis deiner Geschichte –
es raunt dir zu:
Sieh mich an und heile mich,
damit dein Herz kann finden Ruh.

Sei der Fels in deiner Brandung,
entscheid dich jetzt für Urvertrauen.
Und weil das Leben für dich ist – wisse!
Es lohnt sich immer hinzuschauen.

Schau dir deine Schatten an,
sobald die Nächte länger werden.
Denn nur wer bei sich selbst beginnt,
kann sich im Quell des Lichtes erden.

Wenn du das Dunkle in dir erblickst,
so schenk dir selbst der Liebe Gnade.
Dann schau dir deine Ahnen an
und erkenne friedlich neue Pfade.

Es ist ein ew'ger Wandel
aus Werden und Vergehen.
Und gibst du dich diesen Zyklen hin,
wird Heilung sich in dein Leben säen.

Dieses Gedicht hatte Aruna ihr nie vorgelesen, und Mina erinnerte sich auch nicht daran, die Worte je gelesen zu haben. Sie ließ den Briefbogen sinken, saß ruhig da und spürte in sich hinein, bevor sie den Text, der sie tief berührte, wieder und wieder las.

Das Jahr neigte sich dem Ende zu. Der goldene Herbst starb, und mit dem Nebel zog die Zeit der Ahnen ins Land. Viele Menschen gedachten in dieser Zeit den Seelen, die nicht mehr verkörpert waren und ihr Erdenleben bereits hinter sich gelassen hatten. Faszinierend – dieser Kreislauf aus Geburt, Werden und Vergehen. Für Mina hatte sich in den letzten Monaten so vieles von der vergänglichen Seite gezeigt – nicht nur durch Arunas Tod. Erst war Lilli ausgezogen, und Minas Rolle als Mutter war zwar nicht vorbei, hatte sich aber überraschend schnell gewandelt. Dann war ihre Mutter in ein Sabbatical abgetaucht. Dass sich in ihrem Leben ausgerechnet während Ranjas Abwesenheit so viel gewandelt hatte, wurde ihr erst in diesem Moment der Stille bewusst.

Es war wie eine befreiende Pause, in der alte Verknüpfungen von Gedanken und Gefühlen zur Ruhe kommen konnten und sich ein Raum für frische, unberührte Erlebnisse öffnete. Eine Insel des Neubeginns für Mina.

Als ein Windstoß von draußen an ihren Fenstern rüttelte, kehrte Mina zurück ins Jetzt. Und mit einem Mal tauchten aus dem Neuen heraus Fragen an all das auf, was noch nicht im Frieden war und nach Klärung verlangte.

Sie flüsterte die ersten Zeilen des neuen Briefs:

»Das Geheimnis deiner Geschichte – es raunt dir zu: Sieh mich an und heile mich, damit dein Herz kann finden Ruh.«

Sie lauschte den Worten nach und fragte sich, ob Oma Aruna das Geheimnis ihrer Geschichte zu Lebzeiten entschlüsselt hatte und mit einem ruhigen Herzen gegangen war. Doch, ja, es fühlte sich so an.

Mina legte den Brief beiseite und schaute noch einmal im Kuvert nach. Diesmal lag nichts bei.

Ob Rike die Briefe geschrieben hatte? Sie würde ihre Tante an deren Geburtstag fragen. Sie musste es einfach wissen! Denn auch wenn Mina inzwischen wusste, dass weit mehr zwischen Himmel und Erde existierte, als sie sich noch vor einem Jahr hätte vorstellen können: Aruna konnte sie ihr nicht geschickt haben.

Am nächsten Morgen begleiteten Mina die Zeilen des Briefes noch immer. Auch wenn das, was sie heute auf den Weg bringen wollte, nicht direkt etwas mit ihrem Ursprung zu tun hatte. Aber es ging um den Raum, den sie brauchen würde, um ihren Weg weiterzugehen. Mina hatte noch im Hotel am See ihrem Chef eine E-Mail geschrieben und um ein Gespräch gebeten. Wieder ein kleiner Trick, mit dem sie ihren Verstand bezwingen wollte, der sonst versuchen könnte, sie von ihrer Idee abzubringen, wenn sie erst einmal wieder ein paar Tage gearbeitet hätte.

Mina hatte Glück, wie so häufig, wenn sie ihrem Herzen folgte: Ihr Chef hatte den Termin, bei dem sie mit ihm über eine Teilzeitlösung verhandeln wollte, direkt auf heute Morgen angesetzt.

Fels in der Brandung. Urvertrauen. Das Leben ist für mich, dachte Mina, die vor ihrer Fahrt ins Büro trotz Kälte barfuß über den Rasen im Garten gelaufen war. Nun legte sie ihre Hände an eine Buche, um sich zu erden. Als sie sich zur Villa Sonnenschein umdrehte, entdeckte sie Valentin in seiner Küche. Er warf ihr einen Luftkuss zu. Als Antwort formte sie mit ihren Händen ein Herz für ihn. Sie lächelte, atmete ruhig ein und aus und machte sich dann auf den Weg.

Ein paar arbeitsreiche Tage später stand Rikes Geburtstag ins Haus. Lilli konnte dieses Mal nicht dabei sein. Aber Valentin, Aruna und Mina machten sich gemeinsam auf den Weg zum Lindenhof. Es war das erste Mal, dass Valentin mitkam. Mina war ganz aus dem Häuschen, freute sich wie ein kleines Mädchen und kicherte zur Belustigung von Valentin albern durch die Gegend.

»Alles Liebe zum Geburtstag!«, rief Mina, kaum dass das Auto zum Stehen gekommen war, lief auf Rike zu und umarmte sie stürmisch.

»Wie schön, dass ihr da seid«, sagte Rike und wuschelte dabei liebevoll über Arunas Kopf. Die Hündin war Mina aufgeregt hinterhergelaufen.

»Was ist denn mit dir heute los, Mina?«, fragte ihre Tante und zwinkerte Valentin dabei zu.

Der zuckte grinsend mit den Schultern, bevor auch er Rike mit einer Umarmung begrüßte und ihr zum Geburtstag gratulierte.

Mina war wieder zum Auto gegangen, um die Geburtstagstorte zu holen, und machte sich dann auf den Weg ins Haus, während Aruna kreuz und quer über den Lindenhof rannte und Valentin sich erst einmal umschaute.

Ihre Tante hatte zum Brunch eingeladen, und Mina wollte Rike helfen, alles vorzubereiten, bevor ihre Gäste kamen. Am frühen Nachmittag würden Mina, Valentin und Rike in den Friedwald fahren und Aruna besuchen.

Während Mina in der Küche die Torte anschnitt, schaute sie aus dem Fenster. Valentin versuchte gerade, im Garten bei den Linden seine Hündin zu bändigen. Mina entschuldigte sich bei Rike und lief dann durch das Hausarbeitszimmer in den Garten zu Valentin.

»Na, was sagst du zu unserem Lindenhof? Ist es nicht schön hier?«

»Es ist wirklich ein sehr besonderer Ort, Mina. Ich kann mir gut vorstellen, wie sehr die Sommer in deiner Kindheit dein Wesen geprägt und dich bereichert haben.«

Die beiden schlenderten unter den Linden hindurch, als Valentin plötzlich stehen blieb, eines der goldgelben, herzförmigen Lindenblätter aufhob, sich vor die Brust hielt und sagte:

»Schön, dass du in meinem Leben bist.«

Mina strahlte über das ganze Gesicht, gab ihm einen Kuss, nahm sich auch ein Herz und tat es ihm gleich:

»Danke, dass du den Mut hattest, mir die Wohnung zu vermieten!«

Bevor sie ins Haus gingen, hatte Mina eine Idee: »Komm, wir sammeln ein paar Lindenblätter-Herzen für die Tischdeko! Ein paar Leuchtpunkte an einem nebligen Novembertag.«

Kurze Zeit später trafen Rikes Gäste ein. Es wurde gegessen, geredet und viel gelacht. Doch je später es wurde, desto mehr wich Minas verspielte Albernheit einer inneren Unruhe. Im Friedwald würde sie Rike fragen, ob die Briefe von ihr stammten. Bald hätte sie Gewissheit. Und wer weiß? Vielleicht würde Rike ihr dann noch etwas offenbaren?

Als alle Gäste gegangen waren und sie gemeinsam in der Küche aufgeräumt hatten, fuhren sie zum Friedwald. Schon den ganzen Tag über blieb die Sonne hinter den Wolken verborgen. Aber Mina hatte ein paar goldgelb leuchtende Lindenblätter und damit ein wenig Licht von Arunas Lieblingsbaum mitgenommen.

Angekommen bei der Buche, an der Aruna beigesetzt war, legte Mina ein Mandala aus den Blättern zu ihren Wurzeln, während Rike und Valentin in Stille verweilten. Die Hündin hatten sie im Auto gelassen. Als die Spirale, die Mina aus den Blättern gezaubert hatte, fertig war, richtete sie sich auf und ging auf Rike zu. Valentin entfernte sich ein paar Schritte und schlenderte durch den Friedwald. Er war in Minas Plan eingeweiht. Mina nahm die Hände ihrer Tante in ihre und schaute ihr in die Augen. Rike war sichtlich irritiert, so, als könnte sie die aufgeregte Erwartungshaltung ihrer Nichte nicht recht einordnen.

»Ich möchte dich etwas fragen: Hast du mir in diesem Jahr die vier Briefe geschrieben? In den Farben Morgenrot, Buchengrün, Tiefblau und Erdfarben? Atmen, Natur, Ruhe und Ursprung?«

»Was für Briefe?«, sagte Rike überrascht. »Nein, da muss ich dich leider enttäuschen.«

Minas Augen weiteten sich. »Das warst nicht du?«, fragte sie ungläubig nach.

»Nein, das muss jemand anders gewesen sein. Magst du mir davon erzählen?«, fragte Rike.

»Ich, also …«, stotterte Mina und brach dann ab. Darauf war sie nicht vorbereitet gewesen. Erst jetzt wurde ihr klar, wie fest sie davon ausgegangen war, dass das Geheimnis um die Briefe sich heute lüften würde. Sie hatte Rike mit einem Schmunzeln förmlich sagen hören: »Ja, du hast das Rätsel deines Jahres gelöst! Schön, was sich seitdem alles getan hat, oder?«

Im nächsten Moment wurde Mina bewusst, dass Rike gar nicht der Typ war, sich so mitzuteilen. Das war eher Arunas Art gewesen.

Langsam fand sie ihre Sprache wieder: »Du, Rike, ich möchte das jetzt erst mal verdauen. Kann ich dir ein anderes Mal davon erzählen?«

»Jetzt machst du mich aber neugierig«, sagte Rike. Doch dann fügte sie hinzu: »Aber klar doch, Liebes, erzähl mir einfach davon, wenn du so weit bist.«

BRIEFGEHEIMNIS

Mina war nach dem Moment der Wahrheit im Friedwald völlig verwirrt gewesen. Sie und Valentin hatten Rike zum Lindenhof gebracht und waren dann zurück zur Villa Sonnenschein gefahren. Des Rätsels Lösung ließ weiter auf sich warten, und auch Valentins Neugier stieg. Er hatte ebenfalls damit gerechnet, dass Rike die Briefe geschrieben hatte.

Doch zunächst gab es bis zum Jahresende einiges zu tun: Mina kümmerte sich bei der Arbeit um das Jahresendgeschäft, und Valentins Yogakurse füllten sich gerade jetzt zur dunklen Jahreszeit hin immer mehr. Mina versuchte, sooft es ging, im Homeoffice zu arbeiten, um regelmäßig in den Wald gehen zu können. Da es nun schon nachmittags zu dämmern begann, ging es nur noch morgens oder in der Mittagspause. Mal schnappte Valentin sich Aruna und ging mit ihr in den Wald, während Mina beiden ein Mittagsessen kochte. Mal übernahm Valentin das Kochen, sodass Mina mit Aruna in den Wald gehen konnte.

Dann genoss sie gemeinsam mit der Hündin die

aufkommende Ruhe im Wald. Unter der Woche waren kaum Menschen unterwegs. Mal huschte ein Eichhörnchen an ihr vorbei, mal hörte sie den Spechten bei der Arbeit zu, ab und an raschelte ein Vogel durch die herabgefallenen Blätter, und der Zerfall der faszinierenden Fruchtkörper der Pilze, die den Wald im Herbst bevölkert hatten, erinnerte sie einmal mehr an die natürlichen Zyklen. Nichts war für die Ewigkeit, und doch blieb alles erhalten. Es veränderte nur seine Form.

Mina fühlte mit jeder Faser ihres Seins, dass die Bäume um sie herum ein Stück weit ihre Augen schlossen, um sich auszuschlafen, während gleichzeitig alle Zyklen aktiv blieben und der Lebenskreis eines jeden Wesens auch in der Ruhe weiter nach Vollendung suchte.

Wenn die Tage kürzer sind, brauchen wir mehr Schlaf, der Takt ändert sich, und die Dunkelheit draußen macht es erforderlich, das innere Licht zu finden, dachte Mina und erinnerte sich an die neuen Zeilen aus dem erdfarbenen Brief, den sie immer bei sich trug, seit sie ihn bekommen hatte: *Schau dir deine Schatten an, sobald die Nächte länger werden. Denn nur wer bei sich selbst beginnt, kann sich im Quell des Lichtes erden.*

Wie wahr die Worte waren, von denen Mina inzwischen annahm, dass sie auch aus *Die Farben des Lichts* stammten: Auf der Suche nach Licht begegnet man auch seinen Schatten. Einer dieser Schatten zeigte sich Mina nun. Es gab eine Zeit, in der es genau richtig gewesen war, nicht über die Briefe zu sprechen und das, was sie durch sie empfangen hatte, in sich fruchten zu lassen. Es war eine gute Schutzstrategie gewesen, um in Ruhe heilen zu können.

Doch jetzt war es an der Zeit, sich zu zeigen, damit das Leuchten der Briefe erhalten bleiben konnte und sich kein dunkler Schleier darüberlegte. Worte für das zu finden, was geschehen war, und die Verantwortung dafür zu übernehmen, dass sich etwas ändern konnte in ihrer Familie. Und so nahm Mina sich vor, bei ihrer Geburtstagsfeier auf dem Lindenhof allen von den Briefen zu erzählen und ihr Licht zu teilen. Um herauszufinden, von wem sie kamen. Aber vor allem, um den Weg für das, was sich in ihrer Familie noch zeigen wollte, offenzuhalten. Und so lud Mina alle Menschen ein, bei denen sie spontan ein gutes Gefühl hatte, und organisierte eine schöne Feier auf dem Lindenhof. Auch Lilli würde kommen. Nur ihre Mutter Ranja war noch im Sabbatical und hatte nichts von sich hören lassen.

Am Tag der Feier bereitete Mina mit Rike alles vor. Valentin hatte angeboten, Lilli vom Bahnhof abzuholen, und so hatte sie alle Hände voll zu tun. Mit dem Fest und damit, die Fellnase Aruna daran zu hindern, sich am Buffet zu bedienen. Seltsamerweise war Mina nicht aufgeregt, sondern ruhte in sich selbst. Sie empfand Frieden und eine große Dankbarkeit.

Als Valentins Auto auf den Hof fuhr, sah sie von der Küche aus nicht zwei, sondern drei Personen aus dem Wagen steigen. Lilli, Valentin und einen jungen Mann. Überrascht ging Mina zur Tür und öffnete sie. Diesmal lief sie den Besuchern des Lindenhofes entgegen, wie sonst Rike.

»Ich habe noch jemanden mitgebracht«, sagte Lilli und lächelte Mina fröhlich entgegen. »Das ist David, der Gitarrenspieler und mein Freund. David, das ist meine Mutter Mina.«

Mina lächelte erst Lilli und dann David an und nahm ihre Tochter fest in die Arme.

»Happy Birthday, Mama!«, gratulierte Lilli ihr.

Mina spürte, wie sehr Lilli die Umarmung genoss. Die Umarmung einer Mutter, die verändert und sich selbst näher war als noch zu Beginn des Jahres.

Sie löste die Umarmung, ging auf David zu und begrüßte auch ihn. »Herzlich willkommen auf dem Lindenhof und schön, dass du da bist.«

»Danke, Mina«, entgegnete David selbstbewusst und ergänzte verschmitzt: »Auch von mir alles Gute zum Geburtstag.«

Während der Begrüßungsrunde beobachtete Valentin alles mit seiner ruhigen Art. Er schien sich für und über Mina zu freuen, die heute besonders strahlte.

Als sie seinen Blick wahrnahm, ging sie zu ihm und flüsterte ihm ins Ohr: »Hast du das gewusst?«

»Nein, ich habe genauso überrascht geschaut wie du eben, als Lilli mit ihm aus dem Zug stieg.«

Als sie zusammen in die Küche traten, hatte Rike Minas Geburtstagskuchen auf den Tisch gestellt. Es war ein klassischer Napfkuchen mit Schokotropfen. Den hatte Mina früher schon geliebt. Doch anders als sonst in den letzten Monaten tauchte Mina nicht in Kindheitserinnerungen ab, sondern blieb ganz im Hier und Jetzt.

»So, ihr Lieben! Ich freue mich riesig, dass ihr da seid, und demnächst trudeln sicher auch schon die anderen Gäste ein. Ich möchte eine kleine Rede halten, wenn alle da sind, und dann erst die Geschenkerunde machen. Geht das in Ordnung?«

Alle stimmten zu und trafen die letzten Vorbereitungen, als plötzlich Minas Handy klingelte. Es war eine ausländische, ihr unbekannte Nummer. Mina zögerte, entschied sich dann aber dafür, den Anruf anzunehmen, und ging in den Flur.

»Hallo, Mina, alles Liebe zum Geburtstag!« Es war Ranjas Stimme.

»Mama? Danke! Damit hatte ich nun gar nicht gerechnet. Wie geht es dir?«

»Gut, danke. Es hat sich viel getan in diesem Jahr«, erwiderte Ranja mit ungewohnt ruhiger Stimme.

Mina musste schmunzeln, dann sagte sie: »Ach, bei dir auch? Das kommt mir bekannt vor. Es war ein spannendes Jahr. Danke, dass du heute an mich denkst.«

»Na ja, du bist meine Tochter. Klar denke ich an dich.«

Mina stiegen zarte Tränen in die Augen, und sie sagte leise: »Ja, das bin ich.« Dann räusperte sie sich und fragte lauter: »Wann kommst du denn wieder?«

»Anfang nächsten Jahres bin ich wieder da. Ich melde mich dann bei dir.«

»Okay«, antwortete Mina, nahm allen Mut zusammen und ergänzte: »Eines musst du noch wissen. Oma Aruna ist Anfang des Jahres gestorben. Und es hat mich so sehr erschüttert, dass ich es nicht hinbekommen habe, dich ausfindig zu machen.«

»Ich weiß. Meine Anwälte hatten mich darüber informiert, und vor Kurzem habe ich Rike angerufen. Sie hat mir ein bisschen erzählt, was in diesem Jahr alles bei euch geschehen ist.«

»Ah, okay«, sagte Mina. »Dann wünsche ich dir noch eine gute Zeit. Auf bald, Mama.«

»Ja, auf bald. Feier schön, und liebe Grüße an Rike, Lilli und den neuen Mann an deiner Seite. Ich freu mich für dich.«

Nachdem sie beide aufgelegt hatten, blieb Mina noch eine Weile im Flur stehen. Sie konnte kaum glauben, was gerade geschehen war. Kein einziges kritisches Wort von ihrer Mutter. Nur ein kurzes, überraschend entspanntes und ehrliches Gespräch mit guten Wünschen. Das war definitiv neu.

Und dann zeigte sich noch eine Erkenntnis: Eigentlich war es nicht verwunderlich, dass Mina Dinge lange mit sich ausgemacht hatte. Ihre Ahninnen hatten es ihr so vorgemacht. Nun war es an ihr und Lilli, neue Wege zu gehen und zu erlösen, was es zu erlösen gab.

Wie stand es im letzten Brief? *Wenn du das Dunkle in dir erblickst, so schenk dir selbst der Liebe Gnade. Und dann schau dir deine Ahnen an und erkenne friedlich neue Pfade.*

Sie ging in die Küche zurück und sagte, immer noch etwas ungläubig: »Das war Ranja, liebe Grüße an euch alle. Sie kommt Anfang nächsten Jahres wieder.«

Valentin ging auf Mina zu, schaute sie forschend an und fragte: »Alles gut bei dir?«

Mina nickte erst zögerlich. Doch dann sprach sie aus, was sie tatsächlich fühlte: »Ja, alles gut.«

Nach und nach trudelten die Gäste ein. Mina freute sich über jeden einzelnen Menschen. Aruna lief aufgeregt umher, und vielleicht schaute ja auch die Familienälteste zu, was hier gerade vor sich ging. Als alle etwas zu trinken hatten, nahm Mina ihr Glas in die Hand und erhob es.

»Ich freue mich, dass ihr alle da seid! Bevor wir

anstoßen, möchte ich etwas mit euch teilen. Ich habe lange überlegt, wie ich es möglichst kurz und unpathetisch mache, weil die Geschichte viel Potenzial für Länge und Intensität hat. Aber ich denke, ich bekomme es hin. Sollte mein Erzähl-Gen mit mir durchgehen, unterbrecht mich bitte mit lautem Schnarchen.«

Alle lachten, und Mina begann zu erzählen:

»Die viele Arbeit in den letzten Jahren, Lillis Entscheidung, direkt nach dem Abi flügge zu werden, das Sabbatical meiner Mutter und dann der Tod von Aruna an Neujahr – wenn ich ehrlich bin, war das alles ganz schön viel für mich. Doch jede Veränderung hat mindestens zwei Seiten. Und so war all das gleichzeitig die Basis für meinen Neustart in diesem Jahr. Doch der entscheidende Impuls erreichte mich kurz nach Arunas Tod – ein Brief ohne Absender mit einem Text aus Arunas Weisheitsbuch *Die Farben des Lichts,* aus dem sie mir früher oft vorgelesen hat. Wo sich das Buch heute befindet, weiß ich nicht. Selbst über Antiquariate konnte ich kein anderes Exemplar auftreiben. Nun aber zurück zu diesem ersten Brief: Er war für mich lebensverändernd! Dieser morgenrote Briefbogen mit einem Text über den Atem hat mich aus meinem Tief geholt und mir neuen Lebensmut gegeben.

Ich dachte, es sei ein letztes Geschenk von Aruna, das sie kurz vor ihrem Tod abgeschickt hatte. Damit die Magie dieses Briefes sich entfalten konnte, habe ich ihn gehütet wie einen Schatz und mit niemandem darüber gesprochen. Ich fing an, mein Leben zu verändern, meiner inneren Stimme zu lauschen und mich wieder mit der Natur zu verbinden – mit meiner eigenen und der um mich herum. Das war und ist ein echtes Wunder. Doch dabei blieb es nicht. Denn immer genau dann, wenn ich beinahe wieder in alte Muster zurückgefallen wäre, kam ein neuer Brief. Der zweite war buchengrün, dann kam ein tiefblauer, und der letzte war erdfarben. Ohne die Briefe hätte ich keine neue Wohnung.« Sie schaute Valentin an. »Und ich hätte nicht diesen wundervollen Menschen an meiner Seite.« Sie macht eine Pause. »Ich dachte ja, dass Rike die Briefe geschrieben hat, aber da habe ich mich geirrt.«

Minas Blick streifte durch den Raum. Plötzlich breitete sich eine Gänsehaut von ihren Zehen bis zu ihrem Kopf aus. Und bevor sie begreifen konnte, was gerade geschah, löste sich Lilli aus der Zuhörerschaft und kam mit einer wunderschönen, frisch geschnitzten Schatulle aus Lindenholz auf sie zu.

Mit Tränen in den Augen überreichte Lilli ihr die Schatulle.

»Mama, die ist von David. Und der Inhalt beantwortet vielleicht deine Fragen.«

Nun stiegen auch Mina Tränen in die Augen.

»Lilli?«, hauchte sie. Sie nahm das Kunstwerk aus Holz entgegen, auf dessen Deckel ein Lebensbaum eingeschnitzt war, und öffnete es. Im Inneren lag *Die*

Farben des Lichts. Sein Einband war in den Farben Rot, Grün, Blau und in einem erdigen Ton geschmückt.

Die Briefe sind von Lilli! Mina konnte nichts sagen. Stattdessen ergriff ihre Tochter das Wort:

»Mama, ich danke dir von Herzen, dass du immer für mich da warst. Ehrlich gesagt, hätte ich nicht gedacht, dass sich mit dem morgenroten Brief so eine Kraft für dich entfalten würde. Es war eine spontane Idee gewesen, weil ich deinem Glück etwas auf die Sprünge helfen wollte. Als ich in unseren Telefonaten und Gesprächen gemerkt habe, dass sich plötzlich bei dir so viel verändert, war ich so berührt – auch wenn du nichts von dem Brief selbst erzählt hast.

Und dann habe ich immer einen neuen Brief geschrieben, wenn ich das Gefühl hatte, dass es Zeit war, und den Text entsprechend ausgewählt. Der erdfarbene Brief war aber mein letzter. Ab jetzt wünsche ich mir, dass wir uns alle unsere Geschichten erzählen. Ich weiß noch nicht genau, wie das geht. Oder wie lange wer braucht, bis jede von uns sich mit ihrer ganzen Wahrheit zeigen kann. Und ob das am Ende gut ist. Aber es fühlt sich richtig an.«

Lillis Worte hallten nicht nur in Mina wider. Rike hatte sich hingesetzt, und man sah ihr an, dass sie zutiefst bewegt war. Auch andere Gäste wischten sich verstohlen über die Augen oder waren aufgewühlt.

Mina kam langsam wieder zu sich. Ihr war egal, was die anderen dachten – sie ließ ihre Tränen einfach fließen, stellte die Schatulle ab, schloss Lilli lange in ihre Arme, zutiefst berührt von der offenen, herzlichen Art ihrer Tochter.

Mit der Umarmung war der Bann gebrochen, alle klatschten und umringten Mina und Lilli mit Fragen zu den Briefen und dem Buch. Eine schönere Feier hätte Mina sich nicht wünschen können!

Lilli hatte – nicht erst mit den Briefen – ihrem Leben Licht geschenkt. Und Licht, das man von Herzen teilt, breitet sich aus und erhellt jeden noch so dunklen Winkel.

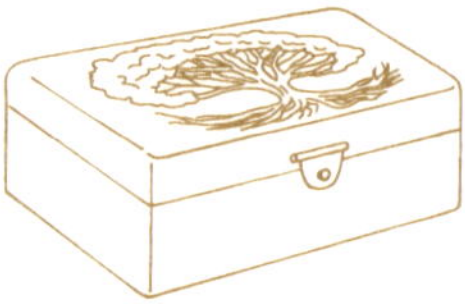

WINTERRUHE

Auf der Fahrt nach Hause sprachen Mina und Valentin kaum. Sie bewegten beide die Erlebnisse des Tages in der Stille ihrer Herzen. Valentin saß am Steuer und Mina versunken auf dem Beifahrersitz. Auf ihrem Schoß thronte die Schatulle, und ihre Hände ruhten auf der hölzernen Kiste wie auf einem Schatz.

Als sie an der Villa angekommen waren, fragte Mina mit einem Schmunzeln: »Magst du mit zu mir kommen? Ich habe heute nämlich Geburtstag und würde gerne mit dir zusammen ein Stück Kuchen essen.«

»Echt?«, fragte Valentin lachend. »Das wusste ich ja noch gar nicht. Dann kann ich ja gratulieren! Ich habe schon läuten hören, dass es ein spannendes neues Lebensjahr für dich wird.«

»Da liegst du völlig richtig! Aber jetzt erst mal Kuchen, oder?«

»Auf jeden Fall!«

Sie stiegen aus dem Auto und kicherten wie zwei kleine Kinder, als sie sich zum Eingang der Villa kasperten. Um dann in Minas Wohnung ihren Geburtstag fröhlich ausklingen zu lassen.

In den kurzen Tagen und langen Nächten bis zum Jahreswechsel vibrierten nicht nur Lillis Worte und die Geburtstagsbotschaft ihrer Mutter, sondern auch alle Erlebnisse dieses Jahres in Minas Zellen weiter. Es war, als hätte Lilli das Orchester ihrer Familiengeschichte neu zum Klingen gebracht. Und auch die Naturkräfte und Elemente schienen mit einzustimmen, denn in diesem Jahr fiel das erste Mal seit Langem bereits vor dem Jahreswechsel immer wieder Schnee. Und da es durchgehend kalt war, blieb er auch liegen. So erhellte die weiße Pracht die kurzen Tage selbst dann mit ihrem Licht, wenn die Sonne nicht schien. Wann immer die Schneeflocken wie am vergangenen Neujahrstag vor Minas Fenster tanzten, hielt sie inne und folgte ihrem Weg vom Himmel zum Boden. Nun zog also nach diesem magischen Jahr der Winter endgültig ins Land.

Heute schneite es nicht, aber Mina blickte dennoch hinaus in die weiße Pracht, die schon seit Tagen die Natur schmückte. Der Garten der Villa lag still und friedlich da. Die meisten Bäume hatten ihre Blätter losgelassen – außer ein paar jüngere Buchen und eine mutige Eiche. Die letzte Strophe aus dem erdfarbenen Brief – Lillis letztem Brief – zog durch Minas Gedanken: *Es ist ein ew'ger Wandel aus Werden und Vergehen. Und gibst du dich diesen Zyklen hin, wird Heilung sich in dein Leben säen.*

Mina hatte erst nach und nach begriffen, was Lilli mit den Briefen in ihrem Leben in Bewegung gebracht hatte. Wie viel Kinder im Leben ihrer Eltern bewegten – und Eltern im Leben ihrer Kinder. Was Menschen mit ihrer Liebe und ihrem Wunsch nach Verbundenheit auf der einen und Freiheit auf der anderen Seite im Leben anderer bewirken konnten. Und was der Glaube an sich selbst, innerer Frieden und die eigene Wahrheit in der Lage waren, in die Realität zu bringen.

Mina schob die Tiefe ihrer Empfindungen ein Stück weit beiseite.

Jetzt gerade war es auch in Ordnung, wenn sie sich beim Blick nach draußen einfach nur darüber freute, dass Valentin und sie sich vor dem Schnee jeden Tag Zeit genommen hatten, um die vielen Blätter im Garten zusammenzufegen und die Zweige und das Totholz, das bei den Herbststürmen von den Bäumen gefallen war, beiseitezuräumen. Das meiste Laub hatten sie abtransportiert. Aber an vier Stellen an den Rändern des Gartens hatten sie es aufgehäuft und mit ein paar Ästen fixiert, damit die Igel und Insekten auch im Winter Zufluchtsorte hatten. Es war viel Arbeit gewesen, zur Belohnung hatten sie aber zwischen dem Laub tatsächlich Steinpilze und Rotfußröhrlinge gefunden. Jedenfalls hatten sie den Baumgarten der Villa gut für den Schnee vorbereitet, und auch die Tiere würden ihren Platz finden.

Schnee? Platz? Da war doch was! Mit einem Mal

sah Mina ihre kuschelige Fensterbank in der alten Wohnung vor sich. So ein Ort fehlte ihr hier in ihrem neuen Zuhause noch! Eine breite Fensterbank gab es nicht, dafür aber bodentiefe Fenster. Und so nahm sie sich vor, sich am Abend des Neujahrstages zu Ehren von Aruna wieder Zeit zu nehmen und in ihrem Wohnzimmer eine Entspannungsinsel mit Blick nach draußen einzurichten.

SEELENGOLD

Am ersten Tag des neuen Jahres – Mina hatte ein paar Urlaubstage genossen und mit Valentin entspannt ins neue Jahr gefeiert – tauchte sie in ihr Reich im ersten Stock der Villa ab und machte sich ans Werk. Sie suchte alles zusammen: ihre rote Kuscheldecke, die hölzerne Schatulle, Lillis Briefe, *Die Farben des Lichts,* ein Windlicht mit Kerze, ein paar schöne Douglasienzweige, die sie letztens nach einem kleinen Sturm gesammelt hatte, ihre inzwischen diversen Notizbücher, ihren Lieblingskugelschreiber und die Buntstifte.

Doch wo waren ihre Kissen abgeblieben? Mina ging direkt in den Keller der Villa und schaute nach, ob sich da noch Kisten vom Umzug versteckten. Und tatsächlich: Eine stand noch dort. Durch die Grifföffnung konnte sie fühlen, dass es die Kissen waren, die ihre Oma ihr zum vierzigsten Geburtstag geschenkt hatte. Sie nahm die Kiste mit nach oben. Als sie an den bunten Fenstern im Treppenhaus vorbeiging, leuchtete mit einem Mal die untergehende Wintersonne herein. Mina blieb kurz stehen und freute sich über das wunderschöne Farbenspiel.

Dann lief sie rasch weiter nach oben. Als sie nacheinander die Kissen auspackte, strahlten ihr die intensiven Farben entgegen: Morgenrot, Tiefblau, Erdfarben, Buchengrün und Golden.

»Klar!«, rief sie und schlug sich etwas zu fest mit der Hand gegen die Stirn. »Huch!« Mina lachte über sich selbst. Es waren die Farben des Lichts aus dem Weisheitsbuch. Jetzt begriff sie endlich, warum ihre Oma ihr die Kissen genau in diesen Tönen geschenkt hatte und wie Lilli die Farben für die Briefe ausgesucht hatte. Wie in einem Film fügten sich in Minas Kopf drei Puzzleteile zu einem Ganzen zusammen: die Farben ihrer Kissen, die Farben der Briefkuverts und ja, auch die Farben der bunten Glasfenster im Treppenhaus der Villa Sonnenschein.

Vor Minas innerem Auge zog eine Erinnerung auf: Sie war vielleicht sieben Jahre alt und saß mit ihrer Oma Aruna auf der Bank unter ihrer Lieblingslinde. Es war ein lauer Sommerabend nach der Heuernte. Sie aßen Erdbeeren mit Vanilleeis, während ihre Oma ihr Geschichten und Gedichte aus dem alten Weisheitsbuch vorlas. Mina wurde ganz schwummerig, und plötzlich fühlte sie sich ihrer Großmutter so nah wie lange nicht mehr. Es war, als würde sie neben ihr sitzen. Sie konnte sie neben sich fühlen und hatte ihren Duft in der Nase – eine Mischung aus Lavendel und Zitrone.

Eine Weile schaute Mina glücklich und verträumt aus dem Fenster. Heute schneite es nicht. Und vielleicht war das auch ganz gut so. Denn in diesem Jahr durfte und würde der zweite Tag des Jahres ruhiger starten als im letzten Jahr. Damals hatte Rike ihr die Nachricht vom Tod ihrer Oma erzählt, und sie war allein und zutiefst traurig zum Lindenhof gefahren.

Morgen würde sie zusammen mit Valentin samt Hündin dorthin fahren und Rike besuchen. Sie würden an Aruna denken und es sich in der Küche auf der Ofenbank gemütlich machen – genau so hätte es sich ihre Oma gewünscht. Mina war sich sicher, dass Aruna sich von dort aus, wo ihre Seele nun wohnte, über die goldige Fellnase freute, die ihren Namen trug und unter dem Küchentisch liegen würde, während Rike, Valentin und Mina die Erinnerung an ihre Mutter und Großmutter mit Geschichten über sie lebendig hielten.

Doch nun nahm sich Mina erst einmal Zeit, ihre Ruheinsel bei den bodentiefen Fenstern im Wohnzimmer herzurichten. Als sie fertig war, machte sie ein Foto für Lilli und Rike und schickte es beiden per Messenger mit einem Herzen zu. Dann kuschelte sie sich in ihre rote Decke ein, steckte sich das goldene Kissen in den Rücken, holte Lillis Briefe aus der Schatulle, faltete einen Bogen nach dem anderen auseinander und las mal hier, mal dort eine Strophe in den Texten *Atem*, *Ruhe*, *Ursprung* und *Natur*.

Mina wollte die Briefe gerade in die richtige zeitliche Reihenfolge bringen, als ihr etwas auffiel. So, wie sie jetzt nebeneinanderlagen, ergaben die Anfangsbuchstaben der Namen der Gedichte *ARUN*.

»Da fehlt noch ein A«, sprach Mina zu sich selbst. »A wie …?« Sie überlegte: »Ankommen.« Ja, sie war ein Stück weit angekommen. Ein Lebensabschnitt war genauso wie das letzte Jahr zu Ende gegangen, und nun stand wieder ein Anfang an. Die ersten Schritte kündigten sich schon an: Ranja würde zurückkehren, und Mina würde nach den Raunächten nur noch Teilzeit arbeiten. Auch wenn sie jetzt noch nicht wusste, wissen *konnte*, was auf sie zukam – eines war sicher: Das Licht dieses Jahres hatte ihr viele Schatten genommen und würde ihr auch in Zukunft helfen. Sie hatte alte Ängste überwunden, und ihr Herz war wieder offen und freier.

Mit diesem Gedanken griff Mina nach dem einzigen Notizbuch, in das sie noch nichts geschrieben hatte. Valentin hatte es ihr zu Weihnachten geschenkt. Es war golden. Ein Ort für ihr Seelengold.

Und dann schrieb sie einen Brief an sich selbst …

Ankommen

Der Atem lässt meine Seele fliegen.
Und will ich zu schnell, zu hoch, zu weit,
lehrt sie mich, den Prozess zu lieben.

Ruhe hilft mir, klar zu sehen,
denn nur im Reinen mit mir selbst
kann ich leuchtende Wege gehen.

Im Ursprung liegt auch Urvertrauen.
Es schenkt mir Mut,
auf den Frieden in mir zu bauen.

Die Natur erzählt mir vom Geist dieser Welt.
Bei den Pilzen und Bäumen darf ich wachsen –
erfahren, was alles hier zusammenhält.

Angekommen am Beginn des neuen Jahres,
erleb' auch ich mich neu und spür':
Tief in mir find' ich leise Wahres.

Wahrheit, die aus der Weisheit meines Herzens spricht,
offenbart meiner Seele reines Licht.
Möcht' lauschen ihrem Friedensklang
und mich anvertrau'n ihrem heilsamen Gesang.

Mina an Neujahr
im ewigen Zyklus des Lebens

DEINE ZEIT UNTER BÄUMEN

Eine Einladung und
kleine Anleitung zum Waldbaden

VERBINDE DICH MIT D(EIN)ER NATUR

In den Wald eintauchen, ruhig werden, regenerieren und bewusst sein

Der Wald ist ein wundervoller Ort, um den Alltag hinter dir zu lassen und mit deinem ganzen Wesen neue Kraft zu schöpfen – in deinem Rhythmus. Für dich.

Hier kannst du nicht nur deine Gesundheit fördern. Unter Bäumen fällt es leicht, starke Wurzeln zu bilden und innerlich still zu werden. Wenn du achtsam deine Sinne öffnest, zur Ruhe kommst, deine Gedanken und deine Aufmerksamkeit frei herumschweifen können und du dir erlaubst, langsamer zu werden, kommst du mit deiner eigenen Natur und mit der faszinierenden grünen Welt um dich herum auf natürliche Weise in Kontakt. Stück für Stück fällt es dir leichter, aus der Gedankenspirale auszusteigen und ruhig und tief zu atmen. Es entsteht ein Raum der Stille. Ein weises Erkenntnisreich. Dein Nervensystem entspannt sich. Weil du im Wald nichts leisten, können, planen, organisieren oder erfüllen musst.

Und weil die Waldatmosphäre heilsame Wirkung hat. Hier darfst du einfach sein. Und wiederentdecken, wer du wirklich bist.

In der Natur entspannen – achtsam und mit allen Sinnen

Wissen und innere Weisheit helfen uns, bewusster zu werden. Doch inmitten der vielen Möglichkeiten unserer Welt machen die verkörperten Erfahrungen in der Natur einen echten Unterschied. Weil wir uns im Wald sowohl mit unserem ursprünglichen Lebensraum verbinden als auch mit allem Leben um uns herum. Der menschliche Organismus steht immer noch – obwohl viele Menschen sich überwiegend in Häusern aufhalten – im direkten Austausch mit den Baum- und Pflanzenwesen in der Natur. Der Wald wirkt immer auf uns – auch dann, wenn wir uns dessen noch gar nicht bewusst sind.

Damit du optimal von den heilsamen Wirkweisen im Reich der Bäume profitieren kannst, möchte ich dir diese Hinweise mit auf den Weg geben:

~ Öffne dich für das Hier und Jetzt.
~ Gib dir selbst die Erlaubnis, zu entschleunigen, den Wald ganz neu zu erfahren und wie durch die Augen eines Kindes zu sehen.
~ Mach dich bereit, die Natur mit deinen Sinnen

zu erleben, sie zu fühlen, ihr nahezukommen und dich ihr ganz zu widmen.

Das Ergebnis könnte dich überraschen. Denn Waldbaden ist anders und viel mehr als nur ein Spaziergang. Die achtsame Zeit fühlt sich an wie ein entspannter Kurzurlaub – manchmal sogar wie ein Ausstieg aus Raum und Zeit. Es ist so, als würde man in eine andere Welt eintauchen und den Alltag komplett hinter sich lassen. Voraussetzung ist natürlich, dass du im Wald keine Angst hast und körperlich so fit bist, dass du gut drei bis vier Stunden langsam im Wald unterwegs sein kannst.

Was du zum Waldbaden benötigst

Außer Zeit brauchst du am besten eine Strecke, die du gut kennst. So musst du dir keine Gedanken darüber machen, wo du langgehst, während du im Wald bist. Schau, dass du deinen Verstand so wenig nutzt wie möglich, damit dein achtsames Sein viel Raum bekommt.

Ziehe dir dem Wetter entsprechende Kleidung an, lieber etwas zu warm als zu kalt, weil es im Wald immer kühler und oft auch feuchter ist als außerhalb und du schneller auskühlst, wenn du entspannt bist. Gutes Schuhwerk ist wichtig, auch wenn du zwischendurch gerne barfuß gehen kannst. Das erdet dich und ist sehr gesund. Ich empfehle dir, ein gutes Outdoor-Sitzkissen, ausreichend Trinkwasser, gesunde Snacks, ein Notiz- oder Zeichenbuch und Stifte zum Schreiben und Zeichnen mitzunehmen.

Sicherheit im Wald

Nach allem, was der Wald uns schenkt, ist es wichtig, nicht nur romantisch in die Natur zu schauen und dennoch im Vertrauen zu bleiben.

1. Wetter

Bitte gehe nicht bei Starkregen, Sturm(-böen), Gewitter(-neigung), Waldbrandgefahr, Glätte, nach starkem Schneefall oder direkt nach starken Stürmen in den Wald.

2. Wildschweine

Die Begegnung mit den Tieren kann dann gefährlich werden, wenn du eine Bache mit ihren Frischlingen überraschst. Da Wildschweine scheu sind, suchen sie bereits oft das Weite, bevor wir sie wahrnehmen. Solltest du ihnen dennoch begegnen, ziehe dich – wenn möglich – langsam, ohne hektische Bewegungen und mit friedlichem Herzen zurück. Behalte die Tiere dabei im Blick und gehe aus ihrer Lauflinie heraus. Sollte die Situation es erfordern und dir ein Wildschwein drohen, mache dich groß, klatsche laut in die Hände und finde einen Ort, an dem du sicher bist, wie z. B. einen Baum oder einen Felsen.

3. Zecken und Mücken

Zecken gibt es im Wald zu fast jeder Jahreszeit, und die Mücken sind ab dem Frühjahr unterwegs. Entscheide, wie du damit umgehen möchtest. Ich habe gerne therapeutisch-ätherische Öle dabei, um die Insekten auf Abstand zu halten, und untersuche meinen Körper und meine Kleidung nach jedem Waldbad auf Zecken. Bei Stichen von Mücken hilft Lavendelöl gut gegen den Juckreiz.

4. Giftpflanzen und Pilze

Wenn es darum geht, im Wald Pflanzen, Pilze, Beeren oder Blätter zu sammeln und zu essen, dann sei dir bitte vorher ganz sicher, dass du genau weißt, was du in den Händen hältst, damit keine Vergiftungsgefahr besteht.

5. Trockenbruch und alte Bäume

Wenn du an einem Ort verweilst, schau dir an, in welchem Zustand die Bäume um dich herum sind. Sind sie alt? Gibt es Äste ohne Rinde und Blätter? Liegen viele heruntergefallene Äste auf dem Boden, oder hängen lockere Äste in den Bäumen, die herunterfallen könnten? Im Sommer gibt es auch das Phänomen des Trockenbruches. Dann stoßen Bäume alte Äste ab, die nicht mehr versorgt sind. Schau dich nicht nur aufmerksam um, sondern höre auch auf dein Bauchgefühl und frage dich: Ist das hier ein guter Ort? Kann ich hier sicher verweilen? Vertraue deinem Gefühl und bitte die Natur und ihre Wesen gerne um Schutz und gute Führung.

Wie Waldbaden wirkt

Die achtsame Zeit im Wald wirkt Wunder – das können wir spüren. Dennoch möchte ich dir hier ein paar Studienergebnisse mit auf den Weg geben. Viele der faszinierenden Fakten stammen aus der wissenschaftlichen Forschung rund um das Thema *Shinrin Yoku*, was übersetzt »Eintauchen in die Waldatmosphäre« bedeutet und in den 1980er-Jahren in Japan aufkam. Hier sind sie:

~ Blutdruck und Puls regulieren sich auf natürliche Weise.
~ Das Stressniveau sinkt und lässt sich am verringerten Spiegel von Stresshormonen messen.
~ Die Anzahl und Aktivität natürlicher Killerzellen in unserem Blut erhöht sich. Diese Zellen bilden den Teil unseres Immunsystems, der uns vor Krebserkrankungen und Viren schützt.
~ Die Terpene, das sind die bioaktiven Substanzen der Bäume und Pflanzen, mit denen sie »kommunizieren« und Schädlinge abwehren, haben auf uns

Menschen positive Effekte. Sie wirken antiviral, antibakteriell, antifungal, antidepressiv bzw. stimmungsaufhellend und entzündungshemmend. Beim Waldbaden nehmen wir sie über die Haut und mit der Atmung über die Lunge auf.

~ Das Herz wird geschützt, da sich der Spiegel des »Herzschutz-Hormons« DHEA erhöht.

~ Waldbaden stärkt nachweislich das Wohlbefinden und hellt unsere Stimmung auf.

~ Zusätzlich dazu erhöhen sich die Konzentrationsfähigkeit und die Kreativität.

Wer zwei bis vier Stunden achtsam im Wald verweilt, profitiert von diesen Effekten. Die ersten positiven Wirkungen treten bereits nach 20 bis 30 Minuten auf. Du wohnst in der Stadt und hast »nur« ein Stück Stadtnatur um die Ecke? Wunderbar! Denn es muss nicht unbedingt ein Wald auf dem Land sein. Du kannst auch in Parks, Stadtwäldern und an grünen Flussufern entspannen und von der positiven Wirkung der grünen Welt profitieren.

Wenn wir öfter in den Wald eintauchen, das Tempo reduzieren und immer wieder bewusst innehalten, gibt es weitere gute Effekte. Wir tun etwas für unsere Fitness, sorgen für ein starkes Immunsystem und verringern das Risiko für Fettleibigkeit sowie für Herz-Kreislauf- und Lungenerkrankungen. Wir neigen weniger zu Depressionen und Angstgefühlen und sind in Alltagssituationen resilienter. Die Schlafqualität wird besser, wir haben eine gute mentale Grundstimmung und weniger Gemütsschwankungen. Ja, man könnte sagen, dass der Wald uns eine stabile Basis für unser Sein und Werden schenkt.

Zehn Elemente fürs Waldbaden

Dr. Qing Li, Experte für Shinrin Yoku (Ursprung des Waldbadens) hat in Japan lange die heilsame Wirkung des Waldes wissenschaftlich erforscht und empfiehlt zehn Zutaten, die auch meine Ausbilderin Annette Bernjus in ihr Buch »Waldbaden« aufgenommen hat.

1. Schlendern – mach mal langsam

Erlaube dir, das Tempo zu reduzieren, in einen neuen Rhythmus zu finden und langsam im Wald unterwegs zu sein. So kannst du die Schönheit der Natur im Detail anschauen und wirst mit jedem Mal neue Feinheiten entdecken, die du vorher noch nie wahrgenommen hast.

2. Pausen machen und verweilen

Wenn du müde wirst, während du im Wald unterwegs bist, lege eine Pause ein und verweile an einem schönen Ort. Nimm dir Raum für dich, trink etwas und iss einen kleinen, gesunden Snack.

3. Alle Sinne weit öffnen und genießen

Sehen, lauschen, riechen, tasten und schmecken: Erlaube dir, die Natur mit allen Sinnen zu erfahren, dich der Natur bewusst zu öffnen und sie immer wieder neu wahrzunehmen.

4. Staunen und die Schönheit der Natur entdecken

Waldbaden ist sanfte, natürliche, entspannende Faszination und Genuss pur! Nimm dir Zeit zu staunen und lass die pure Schönheit in der Galerie des Waldes in dein Herz.

5. Achtsamkeit: im Hier und Jetzt sein

Wertfreies, absichtsloses Verweilen im Jetzt ist eine wunderbare Zutat für das Waldbaden. Auch wenn die Regeneration beim Waldbaden im Fokus steht – am besten können wir uns entspannen, wenn wir das »Ziel« aus den Augen verlieren und ganz in den Moment eintauchen. Dann folgen wir dem Pfad der Achtsamkeit.

6. Meditation: still werden und zur Ruhe kommen

Der Wald ist eine wunderschöne Umgebung, um zu meditieren. Setze dich dafür einfach an einen schönen Ort und atme ruhig ein und aus. Wenn du magst, kannst du auch die Augen schließen. Wenn deine Gedanken die Regie übernehmen wollen, schiebe sie freundlich beiseite und fokussiere deine Aufmerksamkeit immer wieder sanft auf den Atem.

7. Atmen und die frische, saubere Luft genießen

Die Luft im Wald ist sauber, frisch und oft feuchter als außerhalb des Waldes. Mit deinem Atem kannst du dir jederzeit frische Energie zuführen, und im Wald nimmst du zusätzlich dazu die Terpene der Bäume und Pflanzen über die Lunge auf. Erlaube dir zwischendurch immer wieder, ruhige, tiefe Atemzüge zu nehmen. Wenn du durch die Nase atmest, beruhigst du dein Nervensystem, wenn du durch den Mund atmest, aktivierst du es.

8. Sanfte Bewegungen: den Körper entspannen

Schon die Entschleunigung beim Waldbaden sorgt für eine sanfte Form der Bewegung. Wenn du möchtest, kannst du jederzeit leichte Yoga- oder Qigong-Übungen einbauen. Oder du schwingst einfach deinen Oberkörper und deine Arme hin und her, streckst oder dehnst dich. Integriere einfach die Körperübungen, die du kennst.

9. Augenentspannung: die Kraft der Farbe Grün

Ins Grüne schauen ist die einfachste Augenübung der Welt – vor allem in Zeiten wie unseren, wo der Blick auf den Bildschirm das Leben vieler Menschen bestimmt. Die Farbe Grün entspannt nicht nur unsere Augen, sondern hat auf unser ganzes Sein eine entspannende, heilsame Wirkung.

10. Solozeit: Bäumen begegnen und einen Kraftplatz finden

Wenn du mit anderen Menschen im Wald bist – wie bei einem Waldbaden-Workshop –, dann ist die Solozeit ein wichtiges Element, um auch außerhalb der Gruppenerfahrung mit der Natur in Kontakt zu kommen. Gehe dafür mit einem Baum in Kontakt, den du interessant findest oder der dich ruft, und nimm dir achtsam Zeit mit dem Baum. Schaue ihn dir von Weitem und von Nahem an, von oben bis unten. Wenn es sich gut anfühlt, kannst du dich auch anlehnen oder ihn berühren. Dir die Maserung der Rinde anschauen oder mit der Hand ertasten. Das viele Leben auf dem Baum entdecken oder an ihm riechen. Im Frühjahr kann man auch die Blätter von einigen Bäumen essen. Und vielleicht ist dort bei dem Baum auch ein guter Ort zum Verweilen – ein Kraftplatz, an dem du neue Energie schöpfen kannst. Am besten spürst du das daran, wie du dich bei dem Baum fühlst. Hast du ein helles, gutes, stärkendes Gefühl – ein Wohlgefühl –, kannst du verweilen. Wenn es eher eng in dir wird, du Beklemmungen bekommst oder irgendetwas unangenehm ist, suche dir gerne einen anderen Platz. Erlaube dir, deiner inneren Stimme zu lauschen und darauf zu vertrauen.

Das Herz öffnen

Wenn du deinen Wohlfühlplatz gefunden hast, dann ist dein Herz bereits offen, und du bist in Kontakt mit dir, der Natur und ihren Wesen. Nimm dir Zeit, hier zu verweilen. Du kannst kreativ und von Herzen die Worte fließen lassen oder zeichnen, was du um dich herum entdeckst. Du bist im Wald in bester »Gesellschaft«, um deine Intuition nach und nach klar zu identifizieren und von irreführenden Gedanken und destruktiven Mustern unterscheiden zu lernen. Tipp: Meine innere Stimme zeigt sich immer sanft, aber bestimmend, oft kurz, klar und dennoch liebevoll und freundlich. Sie flüstert mir Dinge zu, gegen die mein Verstand und meine gewohnten Denkwege sich zu wehren versuchen. Obwohl ich weiß, dass das, was sich zeigt, mir Orientierung gibt und meiner inneren Weisheit entspricht. Es ist eine Form der Weisheit, die sich in Verbindung mit der Kraft der Natur immer präziser und kraftvoller offenbart. So gewinne ich Klarheit für meinen ureigenen Weg.

Ich wünsche dir viel Freude dabei, die guten Effekte des Waldbadens zu genießen und mit dir, der Natur und ihren Wesen in guten Kontakt zu kommen. Und wenn du dir dabei ein vertrauensvolles Miteinander wünschst, freue ich mich darauf, dich begleiten zu dürfen!

Herzlichst und bis bald im Wald – Kathrin Sohst

WORTE DES DANKES

Das Herz öffnen, die innere Weisheit in Führung gehen lassen. Still werden. Spüren. Eintauchen in die Natur – in die eigene und die, die uns umgibt. Mit der Quelle des Lichts verbinden. Immer wieder leer werden, vertrauen und dann den Botschaften der Seele lauschen – darauf basiert die Geschichte in diesem Buch genauso wie auf den Lebensmomenten, die ich mit wundervollen Wegbegleiterinnen und Reisegefährten teile.

Mein Dank geht an meine Kinder Sophie und Vikki und an die Seele meines Sternenkindes Lilli Mariluna, an meine Mutter Ursula und meinen Vater Wolfgang, an den Vater meiner Kinder und seine neue Partnerin, an meine Freunde, meine Familie, meine Waldschwestern aus der Forest Connection, die Waldfrauenrunde und alle Menschen, die dazu beigetragen haben, dass *Das Licht eines Jahres* real werden konnte. Einige möchte ich hier speziell nennen, einfach weil ihr dieses Buch und mich besonders beschenkt habt – mit eurem Sein, eurer Liebe, eurem Wirken und eurer Klarheit.

Mein Dank geht an meine Literaturagentinnen Andrea Vogel und Eva Semitzidou von der Literarischen Agentur Gaeb & Eggers, das Team im Piper Verlag und allen voran die beste Lektorin Martina Vogl, mit der die Buchweberei eine riesige Freude ist, meinen Künstlerfreund, den Pianisten und Komponisten Thomas Lambrich, meine Schwester im Herzen, die Wegbegleiterin und Autorin Janine Bonk, den Geomanten, Naturkraftkundler und wohl magischsten meiner Reisegefährten, Ingo Smula, meine Lieblingsbuchhändlerin Maike Knoff aus dem »Bücherwurm« in Wentorf, meine Autorenkollegin und Schwimmgefährtin Kathrin Blum, meine Waldbaden-Ausbilderin Annette Bernjus, meine Lieblingsfotografin Anna Leste-Matzen und die wunderbare Illustratorin dieses Buches – Hanna Zeckau.